도터, 에밀

도터, 에밀

초판 1쇄 발행 2018년 12월 20일

지은이 권선율
펴낸곳 도서출판 사과나무
펴낸이 권정자
등록번호 1996년 9월 30일(제11-123)

주소 경기도 고양시 덕양구 충장로 123번길 26, 301-1208
전화 (031) 978-3436
팩스 (031) 978-2835
이메일 bookpd@hanmail.net
블로그 http://blog.naver.com/giruhan
트위터 @saganamubook

ISBN 978-89-6726-033-0 03810

* 값은 뒤표지에 있습니다.
* 이 도서는 2018 경기 히든작가 공모전 당선작입니다.

이 도서의 국립중앙도서관 출판시도서목록(CIP)은 서지정보유통지원시스템 홈페이지(http://seoji.nl.go.kr)와 국가자료공동목록시스템(http://www.nl.go.kr/kolisnet)에서 이용하실 수 있습니다.(CIP제어번호: CIP2018035284)

도터, 에밀

권선율 소설

사과나무

● ● ●

그는 에밀을 사랑하고 있었다.

사람이 아닌, 오로지 기계 부품만으로 구성된

안드로이드를 말이다.

차례

1부

에밀

1

"아빠."

에밀이 우리 집에 온 것은 새벽 1시, 아무도 보지 않는 새벽 뉴스가 시작하고 얼마 지나지 않아서였다. 저녁에 커피를 마신 탓인지 잠이 오지 않아 매주 챙겨 보는 명화 탐방 방송이 끝나고도 멍하니 소파에 앉아서 최근 새로 뽑힌 지도자가 단상에서 침을 튀기며 열변을 토하는 모습을 보고 있었다. 뭔가 할 말이 많은 모양이구나, 하는 생각을 하고 있었을 뿐, 사실 세상이 어떻게 돌아가든지 아무런 관심이 없었다. 그렇게 지낸 지가 벌써 5년 가까이 되었다.

"너 여긴 어떻게 알고 온 거야?"

그렇게 묻자마자 에밀에게서 부자연스러운 느낌을 받았다.

"너 그 팔…."

어두워서인지, 아니면 워낙 누군가 찾아오는 일이 없어서 그녀의 방문에 당황했던 것인지, 나는 에밀의 왼쪽 팔이 없다는 것을 그제야 눈치챘다. 팔꿈치 아래부터 당연히 있어야 할 것이 처음부터 없었던 것처럼 사라지고 없었다. 그뿐 아니라 온통 흙투성이에 옷도 얼룩덜룩, 곱고 찰랑거렸던 머리카락은 온통 얼룩지고 뒤엉켜서 내가 기억하던 에밀의 모습이 아니었다.

에밀은 내가 말을 걸고 이리저리 둘러보는 와중에도 입을 다물고 있었다. 왜 아무 말도 없냐고 물어보려다가 그만두었다. 생각해 보면 갑자기 찾아와선 매일 여기에 왔던 것마냥 웃으며 대화하는 것도 웃긴 일이다.

가만히 서 있는 에밀에게 추우니 일단 들어오라는 제스처를 취하자 말없이 집 안에 발을 들였다. 거실의 불을 켜고 바닥에 널브러져 있던 쓰레기와 옷가지를 주섬

주섬 주워 대충 옆에 밀어놓았다. 혼자 사는 청년 집에 갑작스레 엄마가 들이닥치면 딱 이런 모습이 아닐까, 하는 우스운 생각을 했다.

잠깐의 정리가 끝나고, 그녀를 돌아보니 어느새 거실 한구석의 커다란 나무 의자에 앉아 있었다. 제대로 환한 곳에서 보니 그녀의 몰골은 생각 이상으로 고약했다. 처음 보는 흰 원피스는 원래 색이 흰색이었겠구나, 정도만 알 수 있을 정도였다. 원피스 위에는 검붉은 무언가가 흩뿌려져 딱딱하게 굳어 있었다. 그 모습을 보고 나는 입이 달싹였지만 참기로 했다. 어떻게 물어야 할지 감도 잡히지 않았던 부분도 있었지만.

"샤워를 좀 해도 될까요?"

그녀에게서 멀찍이 떨어진 상태로 안절부절못하고 있던 나에게 에밀이 먼저 말을 걸었다.

"어어, 그럼 물론이지."

라고 말하고 나서 곧바로

"근데 우선 그 팔을 어떻게 좀 해야겠다."

라고 덧붙였다.

2

지금으로부터 대략 15년이었나, 그쯤 전에 나는 대학에서 안드로이드에 탑재될 인공지능 메커니즘을 연구하고 있었다. 한번 빠져들면 주변으로부터 완전히 시선을 돌려버리는 나는 스스로도 모르는 새에 고작 스물일곱이라는 젊은 나이로 유명인이 되어 있었다. 내가 개발한 프로그램들이 인류의 기록을 경신했고 종종 대학 연구실까지 찾아와 억지로 인터뷰를 해달라고 하는 사람들도 있었다.

나도 성공을 바라고는 있었지만 내가 진짜 원하는 것

을 이루기에는 여전히 턱도 없이 부족하다고 생각했었기에 나는 대부분의 취재는 무시하는 방식으로 거절했다. 왜인지 나를 향한 천재라는 말은 조롱하는 것으로밖에 들리지 않았다. 타인에게 어떨지는 몰라도 내게는 그랬다.

어느 날 나는 길을 잃었다.

내가 길치라는 자각은 없었지만 나는 언제부턴가 곧잘 길을 헤맸다. 프랙털(fractal)처럼 무한히 증식해 있는 것 같은 모습의 대학 연구 동에서는 물론이고 격자로 나란히 정렬되어 있는 평범한 거리에서도 길을 잃곤 했다.

여름이 깊어졌을 무렵, 의뢰된 프로그램 맵들을 전부 수정하는 작업을 마쳐서 일이 일찍 끝난 날이었다. 주위는 이미 어둑했지만 생수와 커피가 떨어져서 살고 있는 아파트 근처 상가로 향하던 도중, 기왕 나왔으니까 맥주라도 좀 사서 돌아가자는 생각을 하고 있었다.

내가 가려고 한 곳은 시장 골목 중앙 부근에 있는, 작다고 하면 작은 마트였다. 그다지 자주 가는 곳은 아니었지만 이렇게 갑자기 필요한 것이 생길 때 가면 언제든

지 원하는 물건을 찾을 수 있었다.

하지만 그날은 어쩐 일인지 아무리 돌아다녀도 마트를 찾을 수가 없었다. 시장 안으로 들어온 건 확실했다. 근데 정작 마트만이 생각하고 있던 자리에 없었다. 가끔 길을 잃었다고는 해도 그날의 난 내가 직면한 상황에 꽤 쩔쩔매고 있었다.

이 근처에 있었을 텐데… 싶은 장소를 몇 번이나 왔다 갔다하고 있으려니 뒤에서 걸어온 나와 비슷한 나이대로 보이는 여자가 말을 걸었다.

"뭐 하고 있어요?"

무척이나 허물없는 표정이었다. 가벼운 티셔츠에 날씬한 청바지 차림을 하고 한쪽 다리에 체중을 신는 자세로 눈앞에 서 있었다.

나는 내심 당황해서 말했다.

"길을 좀 잃어서요."

"어딜 가는데요?"

어리둥절한 채로 가게 이름을 떠올려 말했다. 이런 돌발적인 상황에 휘말리면 상황에 따라가는 것이 고작이라 바보처럼 솔직하게 묻는 말에 대답하고 만다.

"아, 거기라면 반대쪽 골목이에요. 비슷해서 착각하기 쉬워요."

여자는 말했다. 고맙다고 말하려 했지만 여자가 말을 이었다.

"방향 감각이 별로인가 봐요?"

"아무래도 그런가 보네요."

무척 친한 듯이 구는걸, 하고 생각했다. 길치는 아니라고 말하고 싶었지만 지금 막 길을 잃은 참이니까 설득력이 있을 리 없을 것이니 말하지 않았다.

"하지만 의외네요. 평상시에는 똑 부러져 보이던데."

난 그녀의 얼굴을 빤히 보았다. 나를 원래 알던 사람인가 보다. 누구였지? 그녀의 얼굴은 낯설었다. 난 애초에 여자와 마주칠 일이 없었다.

곤혹스러워하는 나를 본 그녀가 내 생각을 비집고 들어와 말했다.

"진수 씨 맞죠? 당연히 알고 있지요. 왜냐면 우리 같은 연구실인걸요."

그 말에 더 혼란스러워졌다. 떠올리려고 하면서 작게 신음했지만 역시나 잘 생각이 나지 않았다.

"본 기억도 안 나요?"

갈피를 잡지 못하는 것 같으니까 그녀는 어깨 아래 정도까지 오는 머리카락을 두 손으로 잡고서 묶는 모양으로 만들었다.

"아아, 기억났다."

그제야 기억해냈다. 확실히 그녀는 나와 같은 연구실을 쓰고 있었다. 같은 교수님 아래에 있기에 나보다 한 발 늦게 들어온 그녀가 처음 연구실에 들어왔을 때 한 사람 한 사람 인사를 하고 다녔던 기억이 있다. 물론 분야가 조금 달라서 같이 연구에 참여하는 것은 고사하고 말을 섞은 적도 없었지만.

"다행이다. 이대로 기억이 안 나면 나 완전 이상한 사람 같잖아요."

"미안해요."

말하고 나서야 왜 사과하는 걸까 생각했다.

"사실은, 전부터 진수 씨랑 이야기해 보고 싶었어요."

"왜요?"

나는 사실 그다지 궁금하지 않은 것을 물었다.

그녀는 별거 아닌 듯이 "그냥요."라고 말했다.

"하지만 항상 뭔가 생각하고 있길래 어쩐지 방해하면 안 될 것 같아서 연구실에서 봤을 때도 좀처럼 말을 걸지 못했어요."

"음… 그런가요?"

의외의 대답에 조금 흥미가 생겼다.

"네. 스스로는 모르는 거예요? 진지하게 뭔가를 생각하면서 멍하니 한 곳을 바라볼 때가 있잖아요. 뭘 생각하는 거예요?"

"별로 아무것도 생각하지 않는데요. 그냥 하늘을 보고 있었을 거예요."

"그럼 하늘 어디를 보고 있는 건데요? 아무것도 없었는데."

"글쎄, 정말 그저 멍해 있었을 뿐일지도 모르죠."

"흐음… 가능하면 그만두는 게 좋아요. 좀 무서워 보이거든요."

대체 무슨 말을 하고 싶은 건지 종잡을 수 없어서 마음속으로 고개를 갸웃거렸다. 그보다 얼른 마트에 들러야 했다. 조금만 있으면 문 닫을 시간이었다.

"꼭 가야 해요?" 그녀가 물었다. "어차피 그대로 집으로 갈 거죠? 그럴 바에야 나랑 같이 있어요."

"당신과 뭘 하는데요?"

"일단 다른 곳으로 가요. 여기처럼 냄새가 나지 않는 곳에."

아무래도 이상한 일이 되어버린 것 같았다. 거의 초면에 가까운 여자가 길에서 말을 걸더니 잡아끄는 모양새로 억지로 한 커피숍에 데리고 들어가 건너편 자리에 앉았지만, 솔직하게 말하면 나는 스스로에게 자신이 없으니까 이상한 착각은 하지 않았다. 다시 말해 그녀가 나에게 마음이 있다거나 하는 그런 착각은.

타인으로부터의 호의는 대부분 나 자신을 향한 것이 아니라 외부로 보이는 나의 소문이나 그런 종류일 거로 생각하고 있었다.

사실 중요한 건 그런 게 아니었다. 다른 것보다도, 그녀의 이름이 기억나지 않고 있었다. 새삼스레 물어보기도 어려운 분위기였다. 길을 걸으면서 필사적으로 생각해내려 했다. 흔하지도 특별하지도 않은 평범한 이름이었던 걸로 기억하고 있었다.

그녀가 내 팔목을 잡고 온 곳은 큰길가에 접한 건물 2층에 있는 큰 커피숍이었다. 길가를 마주 본 한쪽 면은 유리로 되어 있어 거리의 모습이나 행인을 내려다볼 수 있었다. 우리는 창가에 자리를 잡았다.

커피를 주문하던 중에 간신히 이름이 생각났다. 내가 카페라테를 주문하자 그녀도 같은 걸로 따라 주문했고 자리로 돌아오고 나서 나는 "진유하 씨였죠?"하고 말했다.

"애썼네요. 이제는 잊어버리면 안 돼요."

"알았어요, 알았어. 이러면 잊어버릴 수가 없지."

"좋아요."

눈앞의 그녀는 만족스럽게 고개를 끄덕였다.

나는 겨우 침착하게 생각을 할 수 있게 되었다. 이름은 알았지만 여전히 알 수 없는 것은 의도였다.

"그쪽은 뭘 하고 있었어요? 꾸민 걸 보니 볼일이 있어서 그 근처에 있었던 거 아닌가요?"

"친구랑 만나기로 했어요. 그런데 걔가 갑자기 약속을 취소했지 뭐예요. 근데 기껏 옷을 갈아입고 화장도 했는데 그대로 돌아가기는 아깝잖아요."

"그럴 때 우연히 나를 발견하고 마침 잘됐다고 생각한 거군요."

"어머, 어떻게 알았어요?"

유하는 멋쩍은 기색도 없이 신나게 웃었다.

"걸어가면서 점점 화가 나던 참인데 진수 씨가 또 무언가 생각에 잠겨서 걷고 있잖아요. 그대로 놔두면 어딘가에 부딪힐 것 같아서 말을 걸었죠."

나를 놀리는 말이었지만 천연덕스러운 말투에 어쩐지 내 모습이 떠오르는 듯해서 납득하고 말았다. 생각에 잠겨 있다는 것은 그녀가 나를 단적으로 드러내는 키워드인 모양이었다.

"그 정도로 내가 뭔가를 생각하는 것처럼 보이는 건가."

"네, 조금 전에도 그랬어요."

유하는 힘차게 단언했다.

"진수 씨는 의외로 늘 생각에 잠겨 있달까, 멍해 있는 것 같기도 하고 넋을 놓고 있죠. 뭐라 해야 하나, 마치 지금 굉장히 잘못된 곳에 있는 게 아닌가, 하는 듯한."

그 말이 핵심을 찌르고 있어서 나는 입을 다물었다.

그런 느낌을 겉으로 드러내지 않도록 주의 깊게 행동해 오던 참이다.

내 낯빛이 확 바뀌었던 모양이다.

"아, 혹시 거슬렸어요? 죄송해요. 쓸데없는 말이었나 보네요. 그런 데에 좀 민감한 편이라."

그녀는 그렇게 직선적으로 수습하려 했다. 제법 명쾌하고 좋은 사람이었다.

그 뒤로도 그녀는 나에 대해 이것저것 물어왔다. 나는 가능하면 흐름을 깨고 싶지 않아서 최대한 내가 할 수 있는 대답을 해주었다. 그만큼 나는 그녀와의 대화가 속으로는 즐거웠나 보다.

그 여름 밤에 있었던 일은 무료하고 단색적이었던 내 일상에서 꽤 재밌는 일이 아닐 수 없었다. 뭔가 어디선가 들어볼 법한 만남이지만 그런 것일수록 현실감은 떨어지기 마련이다. 절대 나에게는 일어나지 않을 것만 같았던 만남, 그러한 특수성을 눈치챈 건 상당한 시간이 지난 후였다.

아무튼, 그 후에도 그녀를 종종 만나기 시작했고—부

끄러운 이야기지만 항상 그녀가 먼저 연락을 해왔다—우리는 어느새 깊은 사이가 되어 있었다. 그녀는 다음 해가 되자마자 우리 연구로 넘어왔고 우리는 같이 연구를 하게 되었다. 서로에게 마음이 있었기에 금세 사귀기 시작했고, 그 다음으로 넘어가는 것은 오랜 시간이 걸리지 않았다.

인공지능 분야에서도 가장 어려운 부분인 감정 구현에 있어, 나는 256개의 알고리즘을 통한 감정 결정 순환 체계를 제안했고, 그것을 실현해내기까지는 그다지 많은 시간이 걸리지 않았다. 양자컴퓨터에 특정된 두 개의 함수를 거친 해답이 다음 두 개의 함수를 거치고, 이어서 그 다음 두 개로. 이 알고리즘 체계는 순환 시스템을 차용해 적은 시스템 맵만으로도 수십 배 고차원의 복잡한 결과물을 얻어낼 수 있다는 점에서 지금까지와는 다른 결과물임이 분명했다.

당연한 이야기지만 연구에 온전히 몰두할 수 있었던 것도 그녀가 내 옆에 있었기 때문이다. 다른 사람들은 아마 모르겠지만 그녀는 내 주변의 그 누구보다도 유능했고 내 감정을 읽을 수 있는 유일한 사람이었다.

연구 막바지에는 아예 연구실 문 너머로 발을 딛지 않아서 연구가 끝나고 오랜만에 밖에 나갔을 때는 흰 눈이 소복하게 내리는 장면을 볼 수 있었다. 그녀와 만난 뒤로 딱 1년이 지나 있었다. 난 사람이 풍경에 취할 수 있다는 걸 그날 처음 알았다. 그저 바깥 공기를 마시고 눈을 본 것만으로도 내 신경은 지나치게 고양되어 있었다.

"우리 결혼하자."

같이 서서 내리는 눈을 보고 있던 유하에게 내가 말했다. 최대한 무덤덤하게 말했지만 미친 듯이 요동치는 심장 박동 때문에 입술이 파르르 떨렸다.

그녀는 슬그머니 내 손을 잡고는 "반지도 없이 청혼하다니, 당신답네요."라며 배시시 웃었다.

결혼식을 올린 건 그해 6월이었다. 좀 더 많은 준비 기간이 필요할 거라고 생각하고 있었는데 그럴 필요는 없었다. 가장 시간을 잡아먹는 과정인 그녀와 내 부모님의 상견례 자리가 없었기 때문이다.

유하의 부모님은 그녀가 열 살 때 돌아가셨다고 했다. 애석하게도 두 분 다 병으로 말이다. 아버지는 암, 어머니는 백혈병. 그녀는 그것만 말하고는 그 이후로 부모님에 관한 이야기를 다신 꺼내지 않았다. 나도 더 물으려 하지 않았다.

한참 시간이 지나서야 그 이후에는 할머니 밑에서 자랐다는 이야기를 들었다. 그녀는 부모님 두 분 다 없었어도 아무런 문제 없이 살았다고, 전부 할머니 덕분이었다며 웃었다.

3

딸 지유가 태어난 것은 지금으로부터 12년 전 여름 밤 8시경, 예정일보다 2주나 이른 날이었다.

나는 듣고 있던 세미나장에서 뛰쳐나가 그녀가 실려 갔다는 병원으로 향했다. 도착하기까지의 시간이 얼마나 길게 느껴지던지, 잡아 탄 택시에서 가만히 앉아 있는 것이 답답해진 나머지 택시기사에게 오만 원권을 던지듯이 건네고는 택시에서 내려 병원까지 한참을 달려갔다.

원래 머리가 복잡할수록 몸을 지치게 하는 것이 좋다. 그래야 한 차례 생각이 리셋되고 정리할 수 있는 시간을 벌 수 있기 때문이다. 그래서 예전부터 복잡한 일을 직면할 때마다 숨이 찰 때까지 달리곤 했다.

물론 그날 내가 택시에서 내린 것은 멍청한 짓이었다. 병원까지 도달하는 게 생각보다 훨씬 늦어져서 결국 딸이 태어나는 순간을 보지 못했다. 그래도 도착한 나를 바라보는 유하의 표정은 너무나도 행복해 보였기에, 난 그 표정을 보고서야 겨우 안심할 수 있었다.

지유가 태어나자마자 우리는 미리 살기로 정해놨던 집으로 곧바로 이사했다. 도시와는 좀 멀리 떨어진, 남쪽의 조용한 곳이었다. 아이가 혼잡한 도로변보다는 한적한 시골에서 사는 게 더 좋겠다는 유하와 나의 의견이 일치했다.

지유가 우리 곁에 있음으로써 그때까지 경험하지 못한 행복한 시간을 보낼 수 있었다. 하지만 그 행복에 눈이 멀어 현실에서 눈을 돌릴 수는 없었다. 그녀가 일을 잠깐 쉬면서 지유를 돌보는 동안 난 전보다 더 많은 연구에 휩쓸려 다녔다.

집에 돌아가는 것은 보통은 일주일에 한 번, 일이 몰리면 한 달에 한 번 정도였다. 나도 집으로 내려가서 가족들과 쉬고 싶은 마음은 너무도 간절했지만 마침 일본의 연구기관과 협력해서 안드로이드 움직임의 정교함과 안정성을 높이는 연구를 진행하던 중이었다. 쉽게 오는 기회가 아니었고, 아내가 웃으며 등을 밀어준 덕분에 더는 고민하지 않고 연구에 뛰어들었다. 그와 동시에 내가 이끌던 연구진에서 감정 알고리즘의 단계를 131,072개로 높이는 것을 구현해내어 이젠 인간과 거의 비슷한 안드로이드를 구축하는 것은 그다지 멀지 않은 일이었다. 그것이 이쪽 연구에 발을 들였을 때부터 계속해서 꿈꿔오던 목표였다.

3년 후, 그러니까 지금으로부터는 9년 전, 길고도 길었던 일본 연구기관과의 연구가 끝났다. 그들은 우리로부터 감정 알고리즘이 연속 스펙트럼 형태의 결과물을 얻을 수 있는 기술을, 우리는 그들로부터 생체조직 배양 기술과 정교화된 기계진동 이론을 얻을 수 있었다. 그쪽에서는 마지막까지 같이하고 싶어 했지만 역시 마무리 완성은 내 힘만으로 해낼 수 있었으면 했기에 정중히 거절했다.

지유가 4살이 되었고, 아내도 슬슬 이쪽으로 돌아올 준비를 하고 있었다. 큼지막한 연구도 끝났겠다, 남은 것은 염원하던 꿈의 구현. 그것이 코앞에 있었던 그 시기, 지유가 늦은 새벽 병원에 실려 가는 일이 발생했다.

과학이 이렇게나 많이 발전했기에, 나는 그때까지도 원인을 알 수 없는 병이 존재한다는 사실을 믿지 않았다. 세상이 돌아가는 일에 관심이 없다고는 자각하고 있었지만, 이 정도일 줄은 몰랐다.

3년 만에 제대로 마주한 지유는 내 생각보다도 훨씬 똑똑한 아이였다. 말도 정확하게 할 줄 알았고, 우리가 하는 말도 곧잘 알아들었다. 게다가 지금까지 본 것 중에 가장 환한 미소를 지을 줄 아는 아이였다.

하지만 병의 증세가 스멀스멀 기어나올 때만큼은 지유는 온몸을 파들파들 떨며 온종일 먹을 것들을 게워내곤 했다. 주기도 뚜렷하지 않았고, 한번 증세가 시작되면 손쓸 도리가 없었다. BTT1031이라는 약물을 계속 팔에 투여받고, 일주일에 한 번씩 네덜란드에서 요하네스 어쩌고 하시는 교수님이 오셔서 지유의 상태를 보고는 뭐라 말하기 힘들다는 표정을 지었다. 거기다 매일 밤 나오는 발작에, 뭐만 하면 수술까지. 1년 동안 같은 짓을 반복하니 지유는 물론이고 아내마저도 시간이 지날수록 시들어갔다. 그런데도 유하는 어떻게든 웃어 보였다. 하지만 그건 내가 과거 그녀에게 반했던, 그런 미소와는 많이 달라져 있었기에 그런 그녀를 꼭 안아줄 용기조차 나지 않았다.

"나랑 똑같은 아이가 있었어요."

침대에 누운 딸에게 아침밥을 먹여주는 중에 지유가 그런 말을 했다. 괜찮다는 아내를 억지로 집으로 돌려보내 쉬게 하고 내가 지유 곁을 지키고 있던 날이었다.

"꿈 이야기니?"

지유는 고개를 끄덕였다.

"근데 생긴 건 나랑 똑같으면서도 어딘가 많이 달랐어요."

"어떤 부분이 그랬는데?"

"그 애는 뛸 줄 알았는데 저는 전처럼 또 쓰러질까 봐 가만히 바라보고만 있었거든요."

아무렇지 않게 말하는 아이의 모습을 보니까 목이 메어 입을 열면 그대로 눈물이 쏟아질 것만 같아서 손으로 눈을 감쌌다. 최대한 시야를 검게 가려서 생각을 조금이라도 지워보려 한 것이었다. 하지만 손바닥으로 가렸던 지유의 무덤덤한 표정을 보고나니 참을 수가 없어 그대로 병실을 뛰쳐나왔다.

반쯤 나간 정신으로 대학의 연구실로 향했다. 무언가라도 하지 않으면 나 자신이 무너질 것만 같았다.

* * *

진짜로 시간이 멈춰버린 것만 같았던 6년 전 겨울, 난 인간에 가까운 존재 하나를 가동하는 데에 성공한다. 옆에는 밤을 지새운 동료들이 기절하듯 잠들어 있었다. 나는 최대한 조용히, 그리고 경건하게 그 존재에게 말을 걸었다.

“네 이름이 뭐니.”

“…에밀.”

“내가 누군지 알아보겠어?”

"아빠…?"

"좋아, 기본 프로그램은 오류 없이 업로드 됐다."

내가 컴퓨터를 들여다보고 있으니 에밀이 몸을 조금 일으켜 내 머리카락을 만졌다.

"아빠, 머리 자르셔야겠어요."

그 말을 듣고 나는 에밀을 돌아봤다. 차가운 눈동자였다. 30% 알루미늄, 20% 카본 소재, 나머지 부분은 기계식 생체 조직으로 구성된 약 55그램짜리 인공 눈이었다. 그걸 알고 있음에도 그 모습에서 기계의 흔적을 찾아보기는 힘들어서 마치 내가 진짜 인간을 창조한 것만 같았다. 어쩌면 에밀이 인간인 것처럼 느껴졌던 건 그녀의 모든 부분이 딸 지유의 모습과 한없이 닮아 있었기 때문일지도 모른다.

병실에 다시 돌아갔을 땐 딸 지유와 아내는 보이지 않았다. 지유가 지냈던 침대는 깨끗이 정리되어 처음부터 아무도 없었던 것처럼 다소곳이 놓여 있었다. 잠시 그 주변을 어슬렁거리고 있으니 지나가던 간호사가 "지유라면 일주일 전에 퇴원했어요."라고 나에게 알려주었다. 나는 감사하다는 인사를 하고는 허둥지둥 집으로 향했다.

급히 집에 돌아오니 주방 식탁에서 엎드려 있는 아내를 발견했다.

"지유 엄마."

내가 어깨를 건드려 깨우자, 잠깐 찡그려 나를 보더니,

"대체 뭐하다가 이제서야 온 거야…."

라며 어린애처럼 내 팔을 붙잡고 울음을 터뜨렸다.

"지유는 어디 있어. 왜 병원에 안 있고."

"이젠 병원에서 해줄 수 있는 게 없대… 그래서 적어도 답답한 곳에서라도 나오게 해주고 싶었어."

그녀는 흐느끼며 말했다.

난 그때 분명 아내를 안아서 어떻게든 울음을 그칠 때까지 달래주었어야 했는데, 난 그런 아내의 모습을 뻔히 보고 있으면서도 지유를 찾으려 하고 있었다.

우는 아내를 뒤로하고 안쪽 방에 들어가니 지유가 침대에 걸터앉아 창밖을 내다보고 있었다. 생각해보니 난 지유가 7살이 될 때까지 이 방에 들어와 본 적이 없었다. 결혼 직후 이 집으로 이사할 때 아이가 침대에 누워서

별을 볼 수 있었으면 하는 마음에 커다란 창문 옆에 침대를 뒀던 것까진 기억하고 있었다.

“아빠?”

지유가 나를 돌아보았는데 하나도 달라져 있지 않았다. 근 2년간 거의 얼굴을 보지 못했지만 이렇게나 변함없을 거라고는 생각하지 못하고 있었다. 그게 원인을 알 수 없는 병 때문인지, 아니면 원래 그런 것인지는 알 수 없었지만, 아직 지유의 모습을 볼 수 있다는 사실에 안도했다. 지유가 있어준다면 그걸로 충분했다. 살아서 곁에만 있어준다면.

“어제도 꿈에서 그 아이와 만났어요.”

지유는 어제도 나와 같은 이야기를 했던 것마냥 말을 했다.

“근데 이제는 조금은 뛸 수 있을 것 같아요. 좀 더 노력해 보려고요. 나랑 똑같이 생긴 그 아이랑 나란히 달릴 수 있을 때까지요.”

도저히 7살 먹은 아이의 입에서 나오는 말이라고는 생각되지 않았다. 웃지도 않고 울지도 않고, 덤덤히 말을 뱉었다. 난 가까이 가서 지유의 손을 꼭 붙잡았다.

"지유야, 뛰지 않아도 돼. 힘들면 가만히 누워 있으렴. 아무도 네 곁에서 없어지지 않을 거니까."

마침 뒤에서 천천히 에밀이 들어왔다. 에밀은 조심스레 다가가 지유의 표정을 살폈다. 그러자 에밀을 본 지유도 놀란 표정으로 일어나 한 발짝, 한 발짝 걸어가선 돌연 에밀을 와락 끌어안았다. 잠시 동안 누가 지유인지 에밀인지 착각이 들 정도로 그 둘은 닮아 있었다. 순간 꿈을 꾸는 듯했다.

내가 에밀을 통해 지유에게 주고 싶었던 것은 친구이기도 했지만, 그보다도 좀 더 형상이 없는 것이었다. 예를 들어 아름다움이나 화사함 같은. 그래서 나는 에밀에게 피아노 치는 능력과 시를 쓰는 능력을 넣어주었다. 가능하면 지유가 피아노를 치게 할 수 있으면 좋겠지만 이미 몸을 원하는 대로 움직일 수 없는 지유에게 피아노와 같은 정교한 작업은 더는 불가능했다. 그랬기에 적어도 바로 곁에서 피아노 치는 모습을 보여주고 싶었다. 내가 인간에게서 느낀 깊은 아름다움은 그런 것에서 나오는 것이었으니까.

에밀의 존재는 금세 온 세상에 알려졌다. 사람들은 모두 놀랐다. 진짜 사람 같다고. 그녀의 손끝에서 나오는 선율이 너무도 황홀하다고, 그녀가 만든 모든 게 인간보다도 정교하다고. 그와 동시에 나는 '에밀의 아버지'라는 이름으로 불렸다. 혹은 '기계의 아버지', '인공지능의 아버지' 등등. 그 호칭에는 놀라울 정도의 경외감이 섞여 있었다. 애써 외면하다가도 가끔은 그 호칭에 몸서리를 치기도 했다.

학계 발표를 앞두고서도 우리는 몇 주나 취재를 위해 쳐들어오는 기자들을 막기에 급급했다. 물론 학계에 발표한 이후에도 이것을 실무에 적용하기 위해 날 가만히 두지 않았다. 외국에서 수많은 협력 연구를 요구해 왔고 그중에서 대부분은 아예 에밀을 팔아 달라고 하기도 했다. 그들이 제시한 금액은 나조차도 흔들릴 정도로 상상을 초월하는 액수였다. 지금 생각해도 그런 금액을 듣고도 참아냈다는 것이 신기할 정도였다. 아무리 그래도 에밀만큼은 지유 곁에서 도로 데려올 수는 없었다. 누가 뭐래도 에밀은 지유를 위해 만들어진 안드로이드였으니까. 그래서 아내에게 이야기해서 몇 번이고 이사를 반복해 가면서 세상과 떨어뜨리려 노력했다. 최소한의 아버지라는 작자의 양심이라고 하면 양심이었다.

당연하게도 전보다 딸과 아내를 만날 일이 급격하게 적어질 수밖에 없었다. 물리적 거리는 이미 한참이나 멀어져 있었고 시간도 나의 활동 반경을 지나치게 제한했다.

상당히 많은 시간이 지난 줄 알았는데, 어느 날 달력을 보니 에밀을 지유 곁에 있게 한 지 고작 석 달이 지나 있었다. 그 시기 난 한창 영국에서 인공 뇌 개발에 참여하고 있었다. 뇌세포를 단일 세포부터 시작해서 원하는 방향으로 배양하는 연구였다. 뇌를 해석해 프로그램 맵의 형식으로 치환하고, 각각을 함수로 만들면 뇌가 어떤 과정으로 사고를 도출해내는지 알 수 있다. 그걸 알기만 하면 그 기능을 하는 뇌를 직접 만드는 일만 남아 있는 셈이다. 한국에 있을 유하와 지유에 관련된 것은 머릿속에서 잠시 제쳐놓고 눈앞의 일에 매진하려 했다.

내가 달력을 본 그날, 겨울이 끝나고 눈앞 풍경에 생명감이 느껴질 무렵의 그날은, 딸 지유가 죽었다는 소식을 접한 날이었다. 나에게 전화를 건 것은 다름 아닌 에밀이었다. 어째서 아내가 아니었을까 하는 작은 의문은 부리나케 비행기를 타고 한국에 도착하고 나니 금방 풀렸다.

"유하야?"

불러도 대답이 없었다. 그저 하염없이 눈물만 흘러내리고 있었다. 내용물 없이 껍데기만 남아 있는 것 같았다. 울기만 하는 로봇을 만든다면 이런 모습일까, 하고 생각했다.

지유의 장례식을 치르는 동안 유하는 몇 번씩이나 기절했다 깨어났다를 반복했다. 아마도 유하가 그 이후로 이상해진 것은 그날 어딘가 망가져버렸기 때문이라고 생각한다.

"지유야, 계속 엄마 곁에 있어 줘…."

그녀는 에밀을 껴안고 온종일 그렇게 중얼거렸다. 에밀은 분명 자신이 지유가 아니라는 것을 알고 있을 텐데도 어째서인지 싫은 내색 없이 유하의 말에 맞춰 지내주었다. 에밀을 설계할 때 난 전적으로 지유를 위한 프로그램을 설계했는데 어느새 에밀은 스스로 학습해서 주변 상황을 스스로 파악할 줄 아는 수준에 다다른 모양이었다.

그런 식으로 생각하는 내가 이상한 사람인 것 같았다. 정말로 자세히 보지 않으면 에밀은 그냥 인간이었다. 안드로이드가 저렇게까지 인간과 구별할 수 없는 수준일 수 있을까 하는 의문이 뇌 속에서 이리저리 튀었지만, 그럼에도 에밀은 인간의 손에서 탄생한 기계 조각들의 집합체였다. 그렇게 생각하는 동안에도 난 괴로울 정도로 에밀이 인간으로 여겨졌다. 그래서 가끔 흠칫하고 놀라곤 한다. 그 이질감은 에밀을 향한 것이 아니었다. 바로 나 자신을 향한 것이었다.

지유가 있어야 할 방이 텅 비어버리고, 유하가 어느 날부터 완전히 이상해지고, 그런 비상식적인 흐름을 가만히 앉아서 지켜볼 수 있을 만큼 난 강한 사람이 아니라는 것을 그쯤 돼서야 겨우 알 수 있었다.

하고 있던 모든 일을 충동적으로 그만두고 집을 나왔다. 그리곤 아무도 없는 조용한 곳으로 향했다. 에밀과 유하를 그 공간에 남겨둔 채로.

이것이 잊고 있던 시간들의 기록이다. 긴 시간에 걸쳐 모든 게 만들어지고 부서졌다. 그리고 5년, 난 어쩌면 지금까지의 모든 것들이 사실은 없었던 일이 되기를 바라고 있었던 것 같다.

4

에밀의 팔은 깔끔하게 뜯겨 나가 있었다. 도끼로 강하게 찍어서 절단한다고 해도 이렇게는 안 될 것 같았다.

"아프니?"

정적이 두려워서 일단 물어보았지만 그럴 리는 없었다.

"조금요."

하지만 그녀는 그렇게 말했다. 별 의미 없는 말이겠지, 하고 마음속으로 넘겨버렸다.

안드로이드를 만지는 일에서 손 뗀 지 한참이다. 전처럼 다시 정교하게 만들 수 있을 리는 없었다. 내가 할 수 있는 일은 적당히 움직일 수 있는 수준에서 의수를 만들어주는 것뿐이었다. 조정까지 마치자 에밀은 "감사합니다, 아빠."라며 고개를 꾸벅 숙였다. 내가 알던 에밀이 원래 이랬었나, 하는 생각을 했다.

"역시 전과는 좀 느낌이 다르네요, 이 팔. 힘들 것 같은데 씻는 것 좀 도와주시겠어요?"

"그렇게 불편한 정도는 아니잖아."

"그래도 부탁드릴게요."

그 얼굴로 부탁하면 너무하다고 생각한다. 솔직히 그 얼굴을 보고 있으려니 슬픔과 짜증이 동시에 올라왔다. 그렇다고 겉으로 드러내진 않았다. 그냥 순순히 에밀의 부탁을 들어주는 것이 좋겠다고 결론을 내렸다.

정말로 인간 같다고, 지금 와서 다시 한번 생각했다. 특히 피부는 제작한 지 한참이 지난 지금까지도 실제 사람의 것처럼 부드러웠다. 머리카락도 조금 씻어내고 나니 평소에 관리가 잘되고 있었던 모양인지 찰랑거림을 유지하고 있었다. 정말로 요즘 나오는 안드로이드들에 견주어도 전혀 손색이 없다고 생각했지만, 사실 요즘 만들어지는 것들에 대해서는 하나도 모르고 있었다. 그래도 시간이 지나 기술이 더 발전한다 해도 이보다 더 인간 같을 수는 없다고 느꼈다.

에밀의 옷을 세탁기에 넣고 돌리고, 내 옷 중에서 그나마 깨끗한 것을 주니 어느새 밖에는 동이 터오고 있었다. 이래서 해가 일찍 뜨는 계절이 싫다. 캄캄한 새벽이라는 공간은 나 혼자 이 세계에 있는 것 같아서 안정감을 준다. 하지만 해가 뜨면 들려오는 바깥의 차 소리나 사람들이 나가는 소리가 나를 우울하게 만든다. 내 존재가 마치 바퀴벌레 같아서. 그래서 난 겨울을 제외하곤 가능하면 늦은 오후가 될 때까지 두꺼운 커튼을 쳐 놓고 침대에서 나오지 않는다. 그러면 창밖의 세상이 이곳과는 완전히 다른, 마치 텔레비전에서 나오는 영상과도 같다는 착각을 할 수 있다.

"여긴 왜 온 거야? 유하는 어쩌고."

에밀이 아무 말도 없이 가만히 소파에 앉아 텔레비전을 응시하고 있으니 답답해서 내가 먼저 물었다. 에밀은 나를 쓱 돌아보더니 손가락으로 텔레비전을 가리켰다. 텔레비전에서는 어딘가의 시위 현장을 보여주고 있었다.

"며칠 전 정부에서 승인된 이번 법안인 '인간의 존엄성 침해 방지 법안'에 따라, 인공지능 기반 안드로이드들의 대대적 수거가 진행 중에 있다고 합니다. 하지만 반발이 심해 해당 경찰들이 상당히 애를 먹고 있다는 소식입니다."

나는 흘러내린 안경을 올려 쓰며 뉴스의 내용에 귀를 기울였다. 아무리 내가 뉴스를 보지 않고 지낸다고 하지만 이런 내용은 처음 듣는 것이었다. 안드로이드의 수거라니?

"유오선 박사님, 이번 사태에 대해 어떻게 생각하십니까?"

어디선가 많이 본 듯한 사람에게 카메라가 돌아갔다. 자막에는 이름 밑에 '인공지능학 박사'라고 되어 있었다.

기억났다. 분명 내가 대학 연구원 시절 바로 옆 연구실에서 근무하던 사람이었다. 두 연구실의 교수님이 친해서 종종 같이 식사를 하거나 작은 연구를 같이 할 때 항상 참여해서 얼굴 정도는 기억하고 있었다. 상당히 유능했던 사람이었을 텐데.

"현재 인공지능 기술은 확실하게 잘못된 길로 들어섰다고 생각합니다. 단적으로 말하자면 지금 보급되기 시작한 최신 인공지능 탑재 안드로이드들은 지나치게 감정적인 면을 가지고 있죠. 저도 인공지능을 아주 오랫동안 연구해 왔지만, 아직 완벽한 제어 기술도 갖춰져 있지 않은데 감정을 품다니요. 이건 생각보다 엄청나게 위험하다는 것을 우리 모두 인지해야 할 필요가 있습니다."

"네. 실제로 이런 안드로이드들에게 상해를 입은 사건이 최근 들어 빈번하게 발생하고 있습니다. 준비된 자료화면 보고 자세한 이야기 나눠보도록 하죠."

그리곤 화면에는 얼마 전 안드로이드에게 무차별적으로 폭행을 당했다는 전 안드로이드 주인의 인터뷰가 흘러나왔다. 나는 멍하니 그 화면을 들여다보았다.

분명 저 감정 시스템을 구축한 것은 나다. 하지만 주

인을 폭행했다니. 절대 그런 감정을 느낄 수 있을 리가 없다. 그런 결론을 내는 알고리즘은 수십만 개가 넘는 것 중에 단 하나도 없을 게 분명했다. 아니, 그보다도 없어야만 한다. 하지만 그렇게 생각한들, 안드로이드가 분노라는 감정을 느꼈다는 것은 변함없는 사실이었다.

나는 에밀을 돌아보았다. 어쩌면 에밀도 내가 생각하는 안드로이드와는 조금 다른 것이 되어 있을지도 몰랐다. 무표정인 저 얼굴 속에서 무슨 생각을 하는 건지 알 방법은 없었다.

나는 에밀을 옆방으로 데리고 가서 의자에 앉히고 그녀의 목덜미 위쪽 머리카락에 가려진 부분에서 접속 포트를 찾았다. 컴퓨터와 연결할 케이블을 찾아서 그녀의 포트에 꽂으려 하자 에밀이 살짝 고개를 틀었다. 싫다는 표현이었다.

"좀 그렇잖아요. 제 속을 읽힌다는 건."

그녀가 내 시선을 피한 채로 그렇게 말했다.

"넌…."

넌 안드로이드잖아, 라고 말하려다 그대로 삼켰다. 손

에 들고 있던 케이블을 슬며시 내려놓고 에밀의 눈을 바라보았다.

"그럼 무슨 일이 있었는지 말해 줄래?"

에밀은 잠시 내 표정을 살피더니 이내 천천히 고개를 끄덕였다.

5

크게 바뀔 것은 없었다. 유하 박사님은 계속해서 멍하니 앉아 있었고 나는 그 곁을 지키며 에밀이 아닌 지유로 있어야 했다.

둘만 지내게 되고 두 달 정도 후에, 유하 박사님은 내 연결 포트와 컴퓨터를 연결해서 뭔가를 하기 시작하셨다. 한번 이렇게 외부에서 시스템을 건드리면 외부에서 연결을 끊을 때까지 나는 한동안 의식을 잃는다. 천천히 잠드는 것과는 조금 다르다. 예고 없이 툭, 하고 끊어진다. 이런 걸 보고 '기절'이라고 하는 것 같다. 인간의 기절도 이런 것과 비슷한 것일까. 여하튼 기분 나쁘다는 사실에는 변함이 없다.

유하 박사님이 내 시스템에 접속했던 첫날, 나는 깨어나자마자 새로 업데이트된 정보가 무엇인지 금세 알 수 있었다.

"엄마…."

난 그 말을 중얼거렸다.

엄마는 뭔가 말을 하려고 했지만 이내 그만두고는 옆에 있는 의자에 털썩 앉아서 고개를 숙이곤 조용히 어깨만 들썩였다. 난 미세하게 흔들리는 엄마의 손을 잡아주었다. 이런 행동 패턴도 엄마가 나에게 넣어준 것인지는 잘 모르겠다. 다만 내 몸 어딘가의 부품이 그러라고 시킨 것만 같았다.

다음 주가 되자 엄마는 또 다시 내 시스템에 접속했다. 깨어나니 여러 가지 지식이 머릿속에 들어와 있음을 느낄 수 있었다. 그중 대부분은 큰 도움이 되지 않았지만, 청소나 빨래, 그리고 요리에 대한 지식은 당시 무기력해서 아무것도 할 수 없었던 엄마를 위해 내가 무언가를 할 수 있게 해주었다.

주입된 요리에 대한 정보들이 그다지 정확하지 않았던 것인지, 아니면 음식을 먹지 못하는 안드로이드가 만드는 음식이라서 그런 것인지, 엄마는 자주 음식이 싱겁다거니 짜다거니 하면서 신경질을 내셨다. 그러다가도 어느 날엔 먹다가 울음을 터뜨리기도 했는데, 물어보니 내가 해준 게 맛있어서란다. 도통 이해할 수 없는 일이었다. 내가 하는 음식은 매일 같은 것들뿐인데.

처음에는 일주일 간격으로 했던 업데이트가 갈수록 잦아지더니 나중에는 하루에도 세 번씩 뒤통수에 케이블을 연결해야 하는 날도 있었다. 근데 어째서인지 첫 번째 업데이트 이후 나는 그다지 달라진 것을 느끼지 못했다.

어느 날, 엄마는 오랜만에 연구복과 컴퓨터를 들고 밖으로 나갔다. 아마 연구실에 가는 것이었을 텐데, 어떤 볼일이 있는지는 나에게 말해주지 않았다. 그래도 난 엄마가 조금 기운을 차린 것 같아서 다행이라고 생각했다.

엄마가 외출해 있는 동안, 나는 하루에 몇 시간이나

피아노를 쳤고, 종종 텔레비전이라는 기계를 통해 바깥 세상 이야기를 듣곤 했다. 평상시 밖에 나갈 필요가 전혀 없었기 때문에—일단 엄마가 나가지 못하게 하기도 했고, 필요한 것들은 전부 인터넷으로 주문할 수 있었다— 화면을 통해 전달되는 소식은 농담 같기도 해서 재미있었다.

언젠가 텔레비전에서는 새 대통령의 당선 소식에 대해서 말해주고 있었다. 그전부터 대통령이네 선거네 하는 이야기가 있었지만, 대통령이라는 단어의 정확한 의미가 이 나라의 대표자라는 것을 안 건 조금 나중이었다. 뜻밖에도 이런 지식에 관해서는 넣지 않으신 모양이다. 기계진동학이나 우주론에 대해서는 빠삭하지만 나에겐 하등 쓸모없는 지식이었다.

대통령이라는 사람에 관해서 매일 화면 속에서는 시끄러웠다. 그 안의 사람들이 무슨 내용에 대해서 말하는지는 맥락을 잘 읽을 수 없었지만 딱 두 가지 안 것이 있는데, 하나는 지금 세계에는 생각보다 많은 인공지능 안드로이드들이 보급되었다는 것이고, 또 하나는 대통령이라는 사람은 이 안드로이드들을 지독하게 싫어한다는 것이었다. 난 그의 연설을 들으며 고개를 갸웃했지만, 의문을 풀어줄 사람은 없었다. 책에서도 알 수 없는 정보였다.

엄마가 3일째 집에 돌아오지 않고 나서야 나는 뭔가 이상한 일이 벌어졌을 거라고 결론을 내렸다. 그동안 엄마는 늦게 들어오시긴 해도 집에 안 오시는 일은 없었다. 굉장히 이상한 일이다. 당장에라도 엄마가 현관을 열고 "오늘 하루 잘 지내고 있었니?"라며 들어올 것만 같았다. 그런 막연한 기대에 현관 쪽을 초점 없이 수십 분간 응시했다.

나흘째, 집에 전화가 걸려왔다. 엄마였다.

"에밀, 집에서 나가선 안 된다. 우선 방 안에 숨어 있으렴."

어딘가 지쳐 보이는 목소리였다.

"왜요? 엄마는 지금 어디에 계세요?"

"미안하다. 근데 지금 엄마가 집에 돌아가기 좀 힘들 것 같아. 그니까 엄마가 갈 때까지 기다려주렴."

"네. 물론이죠. 빨리 오세요."

"그래, 되는 대로 곧장 달려갈게… 사랑해 에밀."

엄마는 나에게 '에밀'이라고 불러주었다. 나도 사랑해요. 그런 말을 하고 싶었지만, 내 목소리는 엄마에게 전달되지 않은 채 회선 어딘가에서 떠돌고 있었다. 나는 지금까지는 겪어보지 못한 공포에 휩싸였다. 머리는 정상적으로 돌아갔지만, 어딘가 오류가 난 것처럼 몸이 군데군데 부르르 떨렸다.

다음날 뉴스 화면에는 이런 자막이 떠올랐다.

'안드로이드 개발진 다수 검거.'

그리고는 이틀 동안 아무것도 하지 않고 방 안에 쭈그리고 앉아 있었다. 난 인간이 아니니 가만히 앉아 있는 행위에 대해 그다지 힘들다고 느끼진 않는다. 생각의 수준도 깊지 않으니까. 그렇지만 한 가지, 피아노를 치고 싶다는 생각이 들었다.

쇼팽의 왈츠 10번. 가장 많이 연주했던 곡이다. 통통 튀는 경쾌한 박자지만 어딘가 구슬픈 곡이다. 눈앞에 피아노가 있는 상상을 했다. 건반의 나열이 시야 앞에 펼쳐지고 손가락이 자동으로 움직인다. 그러자 정말로 피아노의 음이, 건반의 해머가 현을 때린 후에 가볍게 마찰하는 소리가 들려온다. 몇 번을 들어도 어지러울 정도로 아름답다.

잠시 멍하게 있었는지 바깥에서 나는 소리를 잘 듣지 못하고 말았다. 밑창이 단단한 신발을 신고 집 안을 걷는 듯한 소리를 감지하고서야 누군가 안으로 들어왔음을 알았다. 세 명 정도, 혹은 그 이상이었다. 하지만 그걸 알아챘다고 해서 이미 내가 할 수 있는 것은 무엇 하나 없었다. 가만히 떠가는 생각을 붙잡았다. 곧 내 눈앞의 저 문이 열리면 난…?

그 순간 방문이 열렸다.

"여기 있다. 수거해!"

딱 봐도 높은 사람 같아 보이는 남자의 호통과 동시에 주변의 남자 둘이 내 옆으로 와서 양팔을 잡아 끌었다. 그 둘은 내 겉모습을 보고 방심했는지 나를 확실하게 붙잡고 있지 않아서 뿌리치려면 얼마든지 할 수 있었을 것이지만 그 행동에는 의미가 없었다. 어딘가로 끌려가서 처분되든가, 또는 이 자리에서 당장 산산조각 나든가, 둘 중 하나였다. 그들이 멘 거대한 총이, 쩍 벌리고 있는 시커먼 총구가 말해주고 있었다. 반항하는 그 순간, 머리와 몸이 따로 놀게 될 거라고.

"얘가 걘가? 그 예술 한다는 로봇."

지시를 내리던 남자가 담배를 꺼내 불을 붙이고는 날쓱 돌아보더니 거실 피아노에 라이터를 가져다 대었다.

"웃기지도 않아."

잠깐 눈앞의 영상이 슬로모션과 같았는데, 느리게 흘러가는 시야 안에서도 목제 피아노는 생각보다 쉽게 타들어갔다. 그 장면을 본 나는 잠깐 무언가를 떠올렸다.

'안드로이드가 주인을 폭행, 시스템 오류인가?'

몇 주 전 뉴스의 제목이었다. 그 자막을 읽을 땐 아무런 생각이 들지 않았지만 바로 지금 그 질문에 대한 답을 내놓을 수 있었다. 그건 시스템 오류 따위가 아니다. '분노'다. 그 순간 나는 지금껏 느껴보지 못한 감정을 가슴팍에서 머리로, 눈의 혈관으로, 끝내는 손가락 끝으로 느끼고 있었다. 그것도 엄청나게 강렬하게.

난 나를 붙잡고 있던 경찰들을 단번에 쳐내고 그 남자에게로 달려가 주먹으로 얼굴을 후려쳤다. 쓰러진 남자를 눕혀 놓고 계속해서 주먹을 날리던 와중에 칼이 손에 잡힌 것은 정말 우연이었다. 난 그걸로 남자의 심장을 찔렀다. 피가 튀었다. 이건 필연이다.

숨이 끊어진 그 남자 위에서 잠시 멍하니 내려다보고 있으니 왼팔에서 이상한 느낌을 받았다. 무슨 일이지, 하고 보니까 원래 있어야 할 곳에 팔이 없었다. 정확히 팔꿈치 아래부터 사라진 상태였다. 아까 날 끌고 가던 사람 중 한 명이 나에게 커다란 총구를 겨누고 있었다. 그의 표정에 한순간 놀랐다. 한껏 겁을 집어먹은 얼굴이었다.

그래도 달려들었다. 그는 아무것도 하지 못한 채 무기력하게 목에 칼이 꽂힌 채로 쓰러졌다. 달려들면 나를 쏠 줄 알았다. 하지만 무슨 감정이 들었는지 그는 나를 쏘지 않았다. 분명 날아갔어야 할 내 머리통이나 몸뚱이가 그대로 있는 것을 보고 새삼 놀라고 있었다. 주변을 둘러보니 나머지 한 명은 이미 사라지고 없었다. 피아노는 자그맣게 타오르고 있었다. 다행히 일단은 이대로 마무리되었나 보다. 내가 산산조각 날 가능성도 있었지만 그런 생각은 접어두었다.

여유 있게 그 자리에서 휴식을 취하는 건 무리였다. 당장 집에서 나와 이틀간 계속 걸었다. 밖으로 나와서야 내 몰골의 처참함을 깨달았다. 이대로라면 누가 보든 수상하게 여길 것이 틀림없었다. 선택의 여지가 없었다. 사람이 많이 다니는 길은 피했고 가능하면 밤에 움직였다.

나는 금방 아빠의 집을 찾을 수 있었다. 아무도 가르쳐주지 않았지만 쉬지 않고 걷다 보니 서울 근교의 아빠가 있는 곳 앞에 와 있었다. 어디서 들은 지식이 아니다. 내가 지닌 이 시스템 깊숙한 곳 어딘가에 언제부터인가 박혀 있던 정보였다. 이럴 거였으면 처음부터 아빠에게 가라고 하지 그랬어요, 엄마.

나는 문을 두드렸고 새삼 어색한 단어를 입에 담았다.

"아빠."

6

"허어…."

이마를 두 손으로 싸매고 머릿속에 들어온 정보를 애써 정리하려 했다. 에밀에게서 들은 이야기는 도저히 믿기 힘든 내용이었다. 소설과도 같은 내용이다. 그렇지만 당장 뉴스에서 나오는 내용조차 믿기 어려운 이 상황에 에밀의 말이 거짓이라고 할 수는 없었다.

통으로 밤을 새운 나머지 살짝 정신이 몽롱해져서 하던 생각을 멈추고 주방으로 가 커피를 두 잔 내렸다. 도통 말을 듣질 않는 커피머신이다. 막혀 있는 커피콩 찌

꺼기를 박박 긁어 걷어내고서야 간신히 두 컵 분량의 커피가 흘러나왔다.

하나를 홀짝이며 나머지 하나를 에밀 앞에 내려놓자 에밀이 말똥히 나를 쳐다봤다.

“아, 아아, 맞다 그랬지. 뭔가 익숙해지질 않네.”

내가 허둥지둥 커피를 치우려고 하자 에밀은 두 손으로 머그잔을 쥐었다.

“마실 수 있어요.”

에밀은 조심스레 컵에 입을 대고는 작게 한 모금 홀짝였다. 입에 커피를 잠시 머금었다가 넘기는 모습이었다.

“조금 쓰긴 하지만 따뜻하네요.”

에밀에게 음식을 준 것은 이번이 처음이었다. 먹을 수는 있게 만들었지만 그게 에너지원으로써는 작용하지 못한다. 사람은 흡수한 ATP 에너지를 무려 40%에 달하는 효율로 소비하지만, 그건 신이 만든 인간이라는 위대한 인형이 그렇다는 것이지, 그걸 인간이 구현하는 것은 신이 허락하지 않는 한 불가능했다. 한때는 어떻게든 음식을 소화시킬 수 있도록 조직 배양을 시도해 봤지만 도저히 성과가 나질 않아 두 손 두 발 다 들고 말았다. 하는 수 없이 결국엔 에밀이 음식을 먹을 수는 있게 하되, 간단한 소화 과정만 거친 후에 곧바로 배출할 수 있는 구조로 만들기로 타협했다.

식욕이라는 감정을 산출해낼 수 없는 처리 구조 때문에 음식을 줄 이유는 없었다. 에밀의 활동은 오로지 태양이나 소리와 같은 주변 환경 에너지를 매개로 작동하게 되어 있다. 간편하고도 비교적 고효율을 기대할 수 있어서다.

그런 에밀이 스스로 내가 준 커피를 마시겠다고 한 건 개발자로서는 쉽게 이해할 수는 없는 행동이었다. 번거로운 배출 과정을 거쳐야 한다는 것을 잘 알고 있으면서도 굳이 마신 이유는 유하의 업데이트 때문일까, 아니면 점점 에밀이 인간에 가까워지고 있기 때문일까. 누구에게도 답을 얻을 수 없는 질문이다.

처음 왔을 때만큼은 아니지만 에밀은 여전히 많은 말을 하지 않았다. 여러 가지를 묻곤 했지만 내 대답을 들으면 고개를 끄덕이고는 금세 본인의 일로 돌아갔다.

언젠가 어떤 책을 유심히 보고 있는 그녀에게 다가가

물었다.

“무슨 책을 읽고 있니?”

그러자 에밀은 보고 있던 책을 뒤집어 제목을 보여주었다.

“이 책, 저와 이름이 같아요.”

책은 루소가 쓴 교육서인《에밀》, 그 원서 1권으로 내가 학부생이던 시절 교육학 개론이라는 수업을 들으면서 참고용으로 교수가 꼭 사라고 했던 책이었다.(참고용이라면서 반드시 사라고 하는 건 역시 어딘가 수상한 부분이 있었다.)

《에밀》에 대해 생각나는 것은 별로 없었다. 루소가 수필 형식으로 쓴 교육서라는 정도. 그러고 보니 한 부분은 흥미로웠던 기억이 있다. 바로 아이들은 있는 그대로 놔둬도 된다는 부분인데, 이건 루소가 자신의 자식 5명을 모두 고아원에 맡겼다는 점에서 참으로 우습기 그지없는 내용이었다.

아직도 그 수업이 떠오른다. 그 망할 교수, 이 책으로 열심히 수업하더니만 결국엔 본 교재에서 거의 다 시험문제를 내 버렸다. 내가 멍청했던 건지, 그 수업을 같이 들었던 다른 애들은 좋은 점수를 받았는데 나만 D라는 성적을 받았다. 그게 너무 분한 나머지 학기가 끝난 직후 이 책을 깊숙한 곳에 처박아두었던 것이다.

생각해 보면 신기한 일이다. 에밀을 만들 때만 해도 이 책의 존재는 새까맣게 잊고 있었는데, 지금 보면 참 에밀이라는 이름은 절묘했다고 생각한다. 나도 루소와 마찬가지로 에밀의 창조자인 셈이었다.

"아무래도 배터리가 좀 부족한가 봐요."

에밀이 온 지 셋째 날, 책을 읽는 내 옆으로 와서 그녀가 말했다.

창고로 쓰고 있는 방을 뒤져 측정기를 꺼냈다. 에밀을 만들 때 특별히 제작한 것인데, 이것을 목덜미에 가져다 대는 것만으로 잔여 전력을 쉽게 알 수 있다. 조금 오차는 있을 수 있지만 근사치만 알아도 배터리 상황을 파악할 수 있으니 꽤나 유용하다.

다만 애초에 에밀은 전력이 떨어질 상황을 거의 상정하지 않은 안드로이드이다. 평소를 웃도는 수준의 운동을 하지 않는 이상 쉽게 에너지를 얻을 수 있어서 배터리 노후화를 제외하면 사실상 가정용으로는 무한 에너지에 가까웠다. 이 기술은 과거 일본과의 합동연구에서 피부조직 배양 기술과 함께 얻어온 성과 중 하나였다.

"평소를 웃도는 수준의 운동이라…."

어쩌면 일전에 우리 집까지 오는 과정에서 급격한 전력 소모를 불러왔을 수도 있었다. 남은 전력량은 고작 5% 정도. 이 상태면 환경 에너지를 변환하기도 힘든 수준이었다.

에밀은 지극하게 단순히도 '인간과 매우 흡사'라는 목적으로 만들어진 로봇이라 배터리 관련 부분 또한 타 안드로이드에 비해 굉장히 까다로웠다. 외부적으로 충전하거나 교체를 하려면 내가 아닌 이쪽 분야 전문가가 필요했다. 그렇다면 생각나는 사람이 한 명 있다.

핸드폰에 저장되어 있는 번호로 전화를 걸었다.

"어. 그 에밀 있잖아. 우리가 전에 만들었던. 지금 에밀이 배터리에 문제가 좀 있나 봐. 응, 응. 그러게 어쩌다 보니. 내가 부탁할 사람이 너 말고 없잖아. 가능하면 폐 안 가게 할 테니까."

에너지시스템 쪽에서 꽤 유능했던 동료 기연이다. 별

로 타인과의 교류가 없던 나에게 몇 안 되는 친구이다. 당연한 이야기지만, 나하고만 친한 건 아니었다. 키도 크고 얼굴도 고만고만한 데다 성격도 좋아 어딜 가든 잘 지내는 녀석이었다. 그래도 일을 그만두기 전에는 자주 안부를 묻곤 했는데, 그 이후로 연락하지 않은 지 한참 되었다.

조심스레 주제를 꺼내니 역시나 기연 또한 안드로이드와 관련되어 있다는 것을 숨기고 싶어 한다는 걸 나라도 알 수 있을 정도였다. 그래도 정말 다행히 담담히 내 부탁을 받아들여 주었다.

더 늦어선 안된다는 생각이 들어 전화를 끊자마자 그쪽으로 차를 몰았다. 얼마쯤 달리자 라디오에서 음악 방송이 끝나고 뉴스가 흘러나왔다.

"현재 경찰을 살해하고 도주 중인 안드로이드를 수배하고 있습니다. 혹시라도 수상한 안드로이드가 보이는 즉시 신고해 주시고 가능하면 접근하지 마시기 바랍니다. 이 사건과 관련해 지금 현재 전 구간 도로에서 검문이 진행 중이니 시민 여러분들께서는 협조 부탁드립니다."

뉴스가 끝나기도 전에 눈앞에 검문소가 나타났다. 에밀의 얼굴은 이미 알려졌을 것이다. 그대로 핸들을 꺾어 샛길로 차를 몰았다. 차를 타고 한 시간이나 넘는 거리인 곳에 언제까지나 이렇게 갈 수는 없을 것이다. 분명히 이 앞에도 얼마 가지 않아 검문소가 자리잡고 있을 게 뻔했다.

"아빠, 잠깐만 내려 주세요."

숲길 사이를 달리고 있자 에밀이 말했다. 나도 어떻게 할지 고민해야 했기에 그대로 차를 세웠다.

에밀은 차에서 내려서는 풀숲 안으로 조금 들어갔다. 어느새 손에는 날카로운 가위를 들고 있었다. 뒷자리에 놔뒀던 공구 상자에서 꺼낸 듯했다.

에밀은 가위를 그녀의 머리카락에 가져다 대더니 그대로 싹둑 잘라버렸다. 갈색빛의 머리카락들이 잡초들 위로 후드득 떨어졌다. 몇 차례 가위질을 하자 길고 찰랑거렸던 머리카락이 어깨 살짝 위까지 오는 단발이 되었다. 나는 아무 말 없이 그 모습을 바라보았다.

"이러면 아무도 못 알아볼 거예요."

에밀은 그렇게 말하더니 후드를 뒤집어썼다. 그러고

보니 에밀은 그녀가 오자마자 내가 인터넷으로 주문했던 옷 중 하나를 입고 있었다. 저 정도면 대충 몇 가지 특징만 알고 있을 경찰들을 속이기에는 충분했다. 얼핏 봐서는 안드로이드인지 구분하기도 쉽지 않을 것이다.

검문소를 지날 때마다 적당히 웃어 보이며 "무슨 일 있나요?"라고 물어보니까 경찰들은 그냥 평범한 부녀라고 생각했는지 간단히 보내 주었다. 다시 자라지도 않는 머리카락을 자른 것은 아까웠지만 잡히는 것보다는 나을 것이었다. 이런 부분에 있어서는 나보다는 에밀이 훨씬 영리한 구석이 있었다.

옆자리를 보니 어느새 에밀은 잠들어 있었다. 아니, 안드로이드는 잠들지 않는다. 아마 전원이 꺼졌을 것이다. 서두를 필요가 있었다.

전화로 기연이 보내준 주소 근처에 도착하니 그곳은 내가 생각했던 것보다도 더 시골이었다. 천천히 도로를 달리자 양옆으로 저 멀리까지 숲이 있었다. 집이 몇 채 없어서 외길을 따라 쭉 가다 보니 단번에 그가 살고 있는 집을 찾을 수 있었다.

에밀을 업고 차에서 내려 초인종을 누르자 한 남자아

이가 나왔다.

"어서 오세요. 진수 님이시죠?"

"여기 김기연네 집 아닌가요?"

엉뚱한 곳으로 와버린 게 아닌가 했지만, 곧바로 뒤에서 기연이가 나왔을 때는 안심했다. 곱상하게 생긴 아이였다. 나중에 들은 얘기로, 아이의 이름은 하나, 안드로이드였다. 에밀과 마찬가지로 인간에 가장 가까운 존재라고, 기연이 말했다.

"나도 작업하는 건 오랜만이라 시간이 좀 걸릴 거야. 여기 오는데도 고생깨나 했을 텐데 그동안 좀 쉬지 그래? 쉬는 김에 내가 중간에 졸지 않도록 옆에서 말도 좀 걸어주고 말이야."

"그래야겠다."

나는 그의 작업대 옆 의자에 앉았다. 일을 그만둔 지 꽤 됐다고는 해도 여전히 집 안에 제대로 된 시설을 만들어둔 모양이다. 어쩌면 '하나'라는 안드로이드를 위한 것일지도 몰랐다.

"연락 안 한 지 진짜 오래됐지, 우리."

"그러게. 이런저런 일에 치여서 잊고 있었어."

기연은 조심스레 에밀의 등을 열고 능숙하게 배터리 교체 작업을 했다.

에밀의 배터리는 ECS라는 아주 특수한 구조로 이루어져 있는데, 전력 저장이나 범용성 면에서 가장 성능이 뛰어나진 않지만 순환체계를 사용하고 있기 때문에 다른 모델들보다도 폐에너지가 거의 존재하지 않는다는 점에서 어떻게 보면 가장 완벽한 에너지 저장 매체라고 부를 만했다. 놀랍게도 그 설계를 담당했던 수재가 바로 기연이었다.

"유하 씨는 잘 계시냐?"

이쪽을 돌아보지 않은 채 기연이 물어왔다.

"……."

"그렇구먼. 몇 년 전에 다시 연구에 참가하셨다는 이야기를 들었는데 역시 그것 때문인가 보군."

"…아무래도 그런가 봐."

"이제 앞으로 어떻게 할 거야? 계속 에밀을 데리고 다니는 건 위험할 텐데."

"글쎄. 너야말로 어떻게 할 거야? 너도 저 하나라는 아이 계속 감싸고 있다간 잡혀갈걸."

"괜찮아. 어차피 이런 깡시골까진 오지도 않아. 그래도 혹시라도 근처에 왔다는 이야기 들리면 산속에라도 들어가서 숨어 있으려고. 금방 사그라질 거야, 아마."

"소중하구나, 저 아이가."

그는 잠시 대답이 없었다. 작업은 거의 끝나가고 있는 듯 보였다. 기연의 이마에는 땀방울이 맺혀 있었다.

"예전에 에밀 만드는 거 도와주고 나니 갑자기 네가 부럽더라. 나도 에밀 같은 아이가 있었으면 했어. 그래서 친구 한 명하고 같이 만든 아이가 바로 저 하나야. 하나 때문에 들어오는 프로젝트 다 때려치웠어. 내가 일 나가 버리면 하나 혼자 있어야 하니까. 어차피 돈이야 너나 나나 지긋지긋할 때까지 벌어먹었잖아? 그니까 이젠 됐다 싶었지. 그냥 시골에서 조용하게 하나랑 같이 살아가려고."

"같이 만들었다는 친구는 어쩌고."

"……."

난 어쩐지 기연이 침묵하는 말이 무엇인지 알 것만 같았다. 그럴 수밖에 없었을 거야, 기연은 그런 표정을 짓고 있었다.

"너도 참 힘든 길만 골라서 걷는구나."

"그걸 지금 알았냐."

과거와는 달리 어딘가 불안해 보였던 기연은 그날 처음으로 웃어 보였다.

"자, 교체 끝났어. 과부하 때문에 안이 아예 녹아버렸더라. 가능하면 고쳐보려고 했는데, 펄스 방출 단자를 교체할 여분이 없더라고. 이전만큼 좋은 건 아니라도 나쁘지 않은 거로 바꿔 끼워줬으니까 감사해라. 아 그리고 오래 걷거나 하는 건 여전히 안 돼. 에밀 정도면 자연 충전 속도가 소모 속도를 못 따라갈 거야."

봉합을 마치고 컴퓨터에 연결해 재부팅하자 에밀이 눈을 떴다.

"아빠…."

그녀는 아직 약간 정신이 들지 않았는지 잠긴 목소리로 나지막이 나를 불렀다. 나는 에밀 앞으로 가서 그녀의 손을 잡았다.

"아빠 여기 있어."

그러자 에밀이 미세하게 미소를 지었다.

"조금 무서웠어요. 이대로 깨어나지 못하는 건 아닐까 하고. 그래도 눈을 떴을 때 아빠가 있어서…."

7

기연의 집에 오래 머물 수는 없었다. 그에게도 나에게도 좋을 것이 없었다. 시간이 촉박했다. 이 사태는 생각보다 오래가지 않을 것이라는 의견은 일치했다. 그렇다면 지금 당장 어딘가로 가 있는 것이 좋을 거라는 이야기를 나눴다.

헤어지기 직전 그는 나를 불러 세우더니 이렇게 말했다.

"조금 진정되면 다시 찾아와. 그땐 에밀이 하나하고 친구가 될 수 있으면 좋겠다."

난 대답 대신 고개를 끄덕였다. 인사는 이 정도면 충분하다.

집을 향해 달리며 본 상황은 생각보다 더 나빠져 있었다. 검문소의 개수가 늘었을 뿐만 아니라 내가 사는 동네 근처까지도 전보다 훨씬 세심한 검문이 이루어지고 있었다.

집 근처부터는 사람들이 거의 다니지 않는 샛길로 차를 몰았다. 작은 숲을 가로지르는 길이라 아는 사람도 매우 적다. 손에 땀이 마르지 않아 자꾸만 핸들에서 손이 미끄러졌다. 어쩐지 불길한 예감이 들었다.

원래 나쁜 예감은 틀리지 않는다고 했던가, 나는 집이 보이는 곳에 도달하기도 전에 바로 차를 돌려야 했다. 경찰차들이 우르르 길목을 막고 있었다. 빙 돌아서 반대편으로 가도 마찬가지였다. 집 주위가 벌써 경찰들에게 둘러싸여 있었다.

생각이 짧았다. 에밀을 찾고 있다면 반드시 유하의 남편이자 에밀의 제작자인 내가 최우선 조사 대상이었다. 그렇게 따지고 보면 생각보다 늦게 이곳에 도달한 셈이었다. 조금만이라도 빨리 내가 집에 왔었다면…. 생각하고 싶지 않은 결말이다. 에밀은 경찰을 죽였다고 했다. 그럼 에밀은 물론이고 나도 그 자리에서 팔다리 멀쩡할 수 있을 거라고는 장담할 수 없다.

핸들을 크게 꺾어 집 반대 방향으로 향했다. 에밀은 불안한 표정으로 창밖을 보고 있었다. 그래, 지금 가장 위태로운 건 에밀이다. 아빠로서 에밀을 어떻게든 지켜야 했다. 적어도 이번만이라도 아빠 역할을 하고 싶었다.

남쪽을 향해 달렸다. 뒤따라 오는 차가 없는 걸 확인하고 핸드폰과 장착되어 있던 내비게이션을 차창 밖으로 집어던졌다. 이런 것을 달고 다니면 도망치는 의미가 없다.

고속도로는 검문소가 있으니 최대한 국도를 가로질렀다. 다행히도 내가 에밀을 데리고 있다는 것을 확신하고 경찰들이 죄다 그쪽으로 갔는지 거의 보이지 않았다.

아차 싶어서 근처에 있는 ATM기를 찾아 통장에 있는 돈을 전부 꺼냈다. 그리고는 헛웃음을 지었다. 통장에 남아 있는 돈은 고작 50만 원이 전부였다. 일이 이렇게 되지 않고 계속 폐인 생활을 지속했다면 분명 난 혼자 아무것도 못한 채로 굶어 죽었겠지. 하지만 지금은 이거면 충분했다. 일단 멀리 가서 어떻게든 한동안은 견딜 수 있을 것이다. 그 다음 일은 그때가 돼서 생각해도 좋았다.

ATM을 사용했으니 경찰이 나를 쫓고 있는 게 맞다면 내 위치를 알았을 것이다. 그러면 여기까지 따라잡히기 전에 최대한 멀리 가야 했다. 무인 주유소에서 고민 끝에 기름을 8만 원어치를 넣고 다시 달렸다. 그 정도면 이틀 정도는 달릴 수 있다.

"우리 어디로 가는 거예요?"

에밀이 물어왔다.

"가고 싶은 곳 있니?"

에밀이 가고 싶은 곳으로 갈 수 있으리라 장담할 수는 없었지만, 나도 어디로 가야 할지 막막했으니 최소한 이리저리 헤매는 것보다는 나을 수 있겠다고 생각했다.

"별이 잘 보이는 곳에 가고 싶어요."

"별?"

"네, 별이요. 전에 책에서 본 적이 있어요. 기본 데이터에도 들어 있지만 직접 보고 싶어요."

잠시 생각했다. 그런 곳이라면 한 군데 알고 있는 곳이 있다. 전에 지유가 태어나고 한동안 다 같이 살았던 집, 에밀과 지유가 처음 만나기도 했던 그 집이다.

"그래, 별이 잘 보이는 곳으로 가자."

그 말을 신호 삼아 자동차를 몰았다. 다시 그곳에 가고 싶다는 마음이 가슴 한켠에서 올라오고 있었다.

한적한 시골 도로를 달리고 있으니 작은 마트가 하나 보였다. 옆에 식당이 딸린 곳이었다. 난 에밀과 그곳에서 식사를 했다. 의심을 사지 않기 위해 에밀도 적당한 음식을 시키고 수상하게 보이지 않을 정도로만 입을 댔다.

식사를 마치고 마트에서 필요한 만큼만 식료품과 물건들을 사고 있는데 지저분한 몰골의 작은 남자아이가 눈에 들어왔다. 그 아이는 마침 몰래 빵 한 봉지를 옷 안에 넣으려던 참이었다. 나는 잠깐 고민했지만, 이윽고 그 아이에게서 빵 봉지를 빼앗아 내 바구니에 넣고 같이 계산했다. 언제부터 내가 이런 정의로운 사람이 된 건지 계산대에 서서는 내 행동에 스스로 놀라고 있었다.

"아무리 배 고파도 도둑질은 하지 마라."

밖으로 나와 뒤따라온 그 아이에게 빵을 건네주며 말했다. 그리곤 돌아서서 한 마디를 덧붙였다.

"그래도 아무도 널 탓해선 안 된다고 생각한다."

그 아이에게 빵을 사준 것은 후회하진 않지만, 뒷좌석에 따라 탄 그 아이의 모습을 보니 아무래도 일이 이상하게 되어버린 것 같았다. 아무리 그래도 같이 가는 건 곤란하다는 말로 설득했지만 아이는 아무 말 없이 고개를 푹 숙이고는 일어나려 하지 않았다.

"아빠, 그냥 가죠."

에밀이 그렇게 말해서 나도 30분간의 실랑이를 그만두고 차를 몰았다. 오른쪽 창밖으로 어느새 해가 저물고 있었다.

해가 완전히 져서 자동차 헤드라이트만으로는 운전이 힘든 탓에 인적이 없을 법한 숲속에 차를 댔다.

마트에서 산 캠핑용 등을 켜고 그 옆에 털썩 주저앉았다. 아이도 그제야 차에서 내리더니 조금 멀찍이 떨어진 곳에 나와 똑같이 앉았다. 차 안을 보니 에밀은 눈을 감은 채 앉아 있었다.

배터리를 교체한 이후 밤 활동을 하지 못하게 된 것 같았다. 태양광이 에너지의 큰 비중을 차지하는데, 배터리 용량이 부족한지 해가 진 이후부터 활동량이 눈에 띄게 감소했다. 아마 곧 절전 상태로 바뀔 것이다. 사람이 밤에 잠을 자듯 말이다.

"너, 가족은 어디 있니?"

내가 그 아이에게 물었다. 하지만 입을 꾹 다문 채 말하려 하지 않았다.

"이름은 뭐야?"

여전히 묵묵부답. 나는 말 걸기를 포기하고 희미하게 점멸하는 등을 응시했다.

"너도 나름대로 많이 힘든 인생을 보내고 있나 보구나."

잘못된 것은 이 아이가 아닐 것이다. 분명 잘못된 것은 이 세상이다. 내가 에밀과 도망치는 것도 에밀의 탓이 아닐 터다. 그렇게 말하지 않으면 왠지 견딜 수가 없을 것만 같았다.

"아저씨 같은 사람이 아빠였다면 좋았을 텐데."

그 아이가 작게 중얼거렸다. 주변이 워낙 조용해서 그 혼잣말이 또렷이 들려왔다.

"그렇지 않더라."

나는 그 한마디만 하고는 라이트의 불을 껐다.

"이만 자야지. 너도 내일은 네 갈 길 가야 한다."

다음날, 새들이 깍깍대는 소리에 잠에서 깨니 아이는 사라지고 없었다. 그뿐이라면 상관없는데, 글로브박스에 넣어두었던 내 지갑도 사라지고 없었다.

"잘 대해준 데에 대한 보답이 이거라니…."

지금 와서 후회해 봤자 소용없었다. 어디서부터 후회해야 할지도 잘 모르겠다.

'그래도 아무도 너를 탓해선 안 된다고 생각한다.'

내가 그 아이에게 해준 말이다. 여전히 생각은 바뀌지 않았다. 그러니까 차라리 잊는 것이 나에게 좋았다.

하지만 이로써 아주 위태로워졌다. 기름도 많이 남지 않았고 사놓은 음식도 많이 없었다. 그것마저도 많이 줄어 있는 걸 보니 그 아인 돈만으로는 만족하지 못한 모양이었다.

에밀은 그로부터 한 시간쯤 뒤에 천천히 일어났고 내가 설명을 해주자 그제야 상황을 눈치챘다. 자기 잘못이라고 하는 에밀을 달래주며 괜찮다고 했지만, 솔직히 아무것도 괜찮은 것은 없었다. 갑자기 분노가 치밀어서 혹시라도 그 아이가 눈앞에 보인다면 나도 이성을 잃어버릴지도 몰랐다.

차는 다음날 5시쯤에 멈췄다. 전의 그 숲에서 길을 잃어서 아마 근처에서 크게 벗어나지 못했을 것이다. 하지만 주변 풍경은 많이 달라졌다. 사람은 한 명도 보이지 않았고 벌레 소리만 사방에서 들려왔다.

"여기가 이 자동차의 한계인 모양이다."

나는 에밀을 보며 말했다.

"별을 보고 싶다고 했지?"

에밀은 고개를 끄덕였다.

"그럼 지금 잠깐 자 두렴. 지금 에너지를 충전했다가 밤에 잠깐 일어나는 거야. 그 정도는 할 수 있지?"

아마도 전원을 잠깐 껐다가 재기동하는 시간을 설정

할 수 있었을 것이다. 어딘가 망가졌거나 유하가 그 부분을 건드리지 않았다면.

“다행히도 되는 것 같아요.”

“그럼 10시쯤에 일어나면 되겠다. 나도 잠깐 눈 붙일 테니 일어나면 깨워주고.”

에밀이 천천히 대기 상태로 접어들었다. 그 모습을 보며 나도 에밀을 따라 눈을 감았다.

* * *

집 앞에는 작은 뜰이 있다. 그곳엔 꽃을 심을 수도 있고 채소를 심어도 좋았다. 그 뜰은 딸 지유의 방에 달린 커다란 창문으로도 잘 보이는 곳에 있었다. 유하는 이따금 지유와 함께 창문으로 뜰을 바라보며 여기에는 이 꽃을 심고, 저기에는 저 꽃을 심겠다는 말을 하곤 했었다. 실제로 실행에 옮겼는지는 알 수 없다. 한 번쯤은 돌아볼 만도 했는데, 그때의 난 한참 만에 집에 오면 쉬고 싶다는 생각밖에 하지 못했다. 한숨 자고 나면 또 다시 나가야만 했다. 딸 지유와 같이 있어 줄 시간도 만들지 않왔다. 그저 나중에 모든 것이 끝나면, 이라는 생각만 하고 있었을 뿐이다.

그러나 그 순간은 다시는 오지 않았다.

집에 도착하면 꽃이라도 심어볼까. 그러면 조금이라도 속죄가 되려나.

“아빠.”

나를 부르는 목소리에 눈을 떴다.

“지유야.”

나는 그렇게 말하고 말았다. 내 눈앞에 있는 것은 기억 속 어딘가의 지유의 얼굴이었다.

“에밀이에요.”

그녀는 슬픈 표정을 지으며 내 볼에 흐르던 눈물을 닦아주었다. 나도 모르게 울어버렸나 보다. 평생 꿈을 그다지 꿔본 적이 없는데 하필 이런 순간에 이런 꿈을 꾸다니. 몸의 반이 물에 잠겨 있는 것 같은 기분이다.

“별이에요, 아빠.”

에밀은 차 앞 유리에 투영된 하늘을 가리켰다.

“이렇게나 많은 별은 책에서도 본 적이 없어요.”

그 말대로였다. 그날의 하늘은 맑은 유리구슬처럼 한없이 투명한 밤하늘이었다. 그때 나는 태어나서 그렇게 많은 별은 처음 보았다. 하늘을 올려다보는 순간 온몸에 전율이 흐르더니 눈에서 눈물이 찔끔 흐를 정도였다. 그 광활한 우주가 내 눈앞의 세계였다.

그리고 보이는 오리온자리, 어느새 겨울이다.

8

더는 움직일 수 없겠다 싶으니 어느새 일주일이 지나 있었다. 먹을 거든 마실 거든 찾으러 가봤지만, 평생 기계만 만지던 인간이 그런 걸 할 수 있을 리가 없었다. 그건 에밀도 마찬가지였다. 내가 조금만 더 젊을 때였다면 어땠을까, 하는 생각을 잠깐 했지만 이내 그만두었다. 부질없는 생각이었다.

에밀이 손을 잡아주었다. 그 손이 따뜻하다고 느끼고 나서야 내 몸이 온기를 잃어가고 있음을 알 수 있었다. 풀숲에 덩그러니 놓여 있는 차 밖으로 나가는 것도 할 수 없게 되었기에, 의도치 않게 하루 대부분의 시간을 자는 데에 쏟고 있었다. 에밀도 가만히 내 옆에 앉아 있는 게 하는 일의 전부였다.

"아빠, 머리 자르셔야겠어요."

에밀은 오랫동안 깎지 않아서 덥수룩해진 내 머리카락을 만지며 말했다.

"그러게."

나는 힘없이 말했다. 그 정도 길이의 말을 하는 것이 고작이었다.

"잠깐 밖으로 나오실래요? 제가 다듬어 드릴게요."

"머리, 자를 줄 알았던가?"

"그럼요."

에밀은 싱긋 웃어 보였다. 그 손에 날이 잘 갈린 공구용 칼만 들고 있지 않았다면 나는 별생각 없이 좋다고 할 뻔했다. 하지만 커다란 날에 머리카락이 뜯겨 나가는 건 솔직히 사양이었다.

"됐어. 나중에 집에 가면 그때."

나는 그렇게 말했다. 슬슬 돌아가야지, 그렇게 말하고 싶었지만 입이 움직이지 않았다.

* * *

또 다시 난 꿈을 꾸고 있었다. 꿈이라는 걸 금방 안 것은 과할 정도로 비현실적인 환상은 그만큼 현실감을 떨어뜨리기 마련이니까. 그럼에도 난 그 순간만큼은 나 자신을 속이기로 했다. 잠시나마 내가 도달하지 못했던 세계에 발을 담그고 싶었다.

꿈속에서 나는 유하와 잠시 연구실을 빠져나와 건너편 건물 지하에 생긴 지 얼마 안 된 레스토랑에 밥을 먹으러 갔다. 그 앞을 지나갈 때마다 언젠가 꼭 한번 가보자는 말을 했던 곳이다. 그렇다고는 해도, 사실 특별할 것 없는 평범한 식당이었다. 그래도 실망하는 기색 없이 그녀는 치즈 그라탕을, 나는 계란 볶음밥을 주문했다.

"할아버지 같아." 그녀가 웃었다. "그러고 보니 진수 씨는 평소에 뭘 먹어요?"

"아침에는 커피, 점심하고 저녁은 보통 시켜 먹거나 편의점에서 때우죠."

그녀는 얼굴을 찡그리며 '우와'하며 탄성을 작게 내질

렸다.

“그러면 몸 망가져요.”

“뭐 그래도 일단은 비타민 같은 건 먹어요. 게다가 먹는 데에 별로 흥미가 없어서.”

“특이하네요. 먹는 데에 흥미가 없다니.”

유하는 복잡한 표정을 지었다. 어딘가 곤란한 것 같기도 하면서 혼란스러운 표정이었다.

“왜 그래요?”

내가 물었다.

“아니요, 그냥 이 타이밍에 도시락이라도 만들어주겠다고 하면 어떨까나 싶어서요.”

“됐어요, 그러지 않아도.”

나는 웃으며 말했다.

“뭐, 저한테도 곤란한 이야기이긴 하지만… 그렇게 딱 잘라 기대하지 않는다는 것도 기분 좋진 않은걸요.”

유하는 토라진 얼굴을 지어 보였다. 그 표정이 얼마나 사랑스럽던지, 나도 모르게 손을 뻗어 그녀의 머리를 쓰다듬었다. 나 스스로도 놀랐지만 그녀도 놀랐는지 눈을 동그랗게 뜨고 나를 쳐다봤다. 기분 나쁘다는 표정은 아니고, 순간적으로 터져 나온 감정을 어찌해야 할지 몰라 허둥대는 표정이다.

"자, 장난치지 말고요… 암튼 저 집에서 제가 요리 다 하니까 요리 잘하거든요? 그니까 원하신다면 언제든 밥 해주러 갈 수도 있어요."

"알겠어요. 그럼 언젠가 꼭."

그런 약속을 나눴다.

언젠가 정말로 있었을 법한 일이다. 나마저도 한순간 착각할 뻔했다. 하지만 곰곰이 기억을 더듬으면 바쁘다는 생각의 족쇄에 묶여서 유하와는 단 한번도 제대로 같이 밥을 먹은 적이 없었다. 그러니까 이 꿈은 허상뿐인 추억이었다.

누군가가 앞머리를 쓸어 올리는 바람에 눈을 떴다. 눈을 뜨니 에밀이 눈앞에 있었다.

에밀은 그날도 어김없이 낮에 잠시 잔 뒤 밤에 일어난 듯했다.

"아빠, 별이 참 많아요."

그 말을 듣고 나는 고개를 들어 차창 밖 하늘을 보았

다. 처음 여기서 별을 보았을 때와 마찬가지로 쏟아질 것만 같은 별들이 하늘에 잔뜩 걸려 있었다. 조금만 생각을 바꿔보면 참 멋진 곳에 멈춰 섰다는 느낌이 든다. 어찌 됐건 나도 에밀도 쉽사리 볼 수 없는 광경을 눈 안에 담고 있는 셈이니.

"에밀."

성대를 긁는 목소리로 부르니 에밀이 돌아보았다. 어딘가 울 것 같은 표정이다. 뭔가 말해 주고 싶었는데 그새 까먹어버렸다. 그러자 에밀이 먼저 말했다.

"아빠, 전 혼자 있는 건 의미가 없어요. 저만 남겨지는 건 싫어요."

에밀은 나를 가만히 꼭 안더니 마저 말했다.

"그러니까. 제 시스템을 파괴해 주세요. 파괴 코드를 알고 있는 건 아빠뿐이잖아요."

기억을 더듬었다. 그런 코드가 있기는 했다. 오직 내 목소리로만 작동하는 음성 코드. 하지만 사용하려고 만든 코드는 아니다. 그저 유일한 안전장치의 일환으로써 형식적인 부분이었을 뿐이다.

에밀은 몇 분이 지나고서야 내 어깨를 감싸고 있던 몸

을 일으켜 나를 돌아본 채로 조수석에 등을 기댔다. 어서 코드를 입력해 달라고 표정이 말하고 있었다.

아, 기억났다. 언젠간 해야 할 말이라고 생각했고 그렇다면 그 순간은 반드시 마지막이어야 한다고 생각했던 말. 이런 장소에서 마지막을 맞이할 줄은 몰랐는데. 어쩐지 그런 생각을 하니까 가슴이 울컥해서 눈물이 나오나 싶었지만, 역시나 울 기력까지 남아 있진 않은 모양이었다.

"어쩐지 지금 완전히 정지되더라도 나중에 다시 깨어날 거 같은 기분이 들어요."

에밀이 순간 웃어 보였다. 누구를 향한 말일까. 나일까, 아니면 에밀 자신일까. 그럴 수 없다고 생각하면서도 문득 에밀이 하는 말이라면 정말 가능할지도 모른다는 생각이 들었다. 에밀이 하는 말은 어딘가 알 수 없는 힘이 담겨 있었다.

"만약 그렇게 된다면 꼭 제대로 별이 보이는 곳으로 가요. 우리가 가기로 한 곳 말이에요."

나는 대답 대신 고개를 끄덕였다. 그리곤 슬며시 에밀의 볼에 손을 올렸다. 마지막 힘을 내어 입을 열었다. 이

코드를 말하고 나면 나도 작동이 멈추려나.

"태어나 줘서 정말 고맙다, 에밀."

2부

;

1

눈 내리는 밤 특유의 푸른 분위기가 조용히 다가들었다.

윤은 폐공장 한구석에서 4년째 쓰고 있는 노트북 화면을 마주하고 있었다. BIOS를 띄워 리스트를 체크했다. 녹색 문자들이 점멸해서 눈이 금세 피로해졌다. 매일 보면서도 여전히 익숙해지지 않는다. 과연 몇 번이나 이 문자열을 눈으로 훑어 내려갔을까. 그런 생각을 하니 순간 몸에서 힘이 쭉 빠지는 것 같았다.

뒷문 열리는 소리에 정신을 차렸다. 다인이 느긋하게

들어왔다. 등에는 커다란 백팩을 메고 있었다.

"부탁한 건 다 가져왔어. 이 안에 마이크로 베어링이랑 나노네트. 이제 뭐 남았어?"

"내부 배선 정리랑 백업 소프트웨어."

"아 맞다. 그 부분은 내가 할게."

다인은 건너편 탁자의 노트북을 켠 뒤 철제 의자에 앉아 있는 에밀 목덜미의 포트에 선을 꽂아 넣었다.

"안녕 에밀."

다인은 조심스레 에밀에게 인사를 건넸다.

하지만 에밀은 눈을 감은 채 아무 반응을 하지 않았다. 다인은 복부가 열린 채로 그 안을 드러내 보이는 에밀의 모습에 기분이 썩 좋지는 않았지만 딱히 내색은 하지 않았다. 어서 배선 정리를 마치고 저 부분에 미리 만들어둔 내골격과 얇은 금속 외피를 붙여주면 금방 해결될 것이었다.

"감정 알고리즘 해석은 어떻게 됐어? 교체한 회로는 좀 괜찮아?"

다인이 담배에 불을 붙이며 윤에게 물었다. 부드러운 곡선을 타고 담배 연기가 퍼져나갔다.

"회로는 괜찮은데 감정 부분은 아무리 해도 복구가 안 돼. 디버깅이 잘못된 것도 아닌데. 아예 시스템의 기본 골조 자체가 우리가 아는 거와는 완전 다른 모양이야. 해석도 포기했어."

"이제 슬슬 마무리 지어야지. 그 부분은 우선 놔두고 동력 제어 부분을 처리해 줘. 나는 남은 자잘한 시스템을 정리할 테니까."

"그래, 알겠어."

다인은 케이블타이로 선들을 한데 묶어 안쪽으로 가지런히 넣은 후 알루미늄 내골격을 집어넣고 그 위에 나노네트를 씌웠다. 나노네트가 신경회로 역할을 해서 세부적인 움직임도 어느 정도 어렵지 않을 것이다.

"생각보다 빨리 됐네."

윤이 옆으로 와서 말했다.

"간단해 이런 건."

다인이 말했다.

"해야 할 일을 알고 나면 나머지는 손을 움직이는 것뿐이니까. 어려운 건 뭘 할지 결정하는 일이지."

그 말 그대로라고 윤은 생각했다. 요 몇 년 동안 그걸 제대로 알지 못했기에 이만큼이나 걸린 것이었다. 아무튼, 이제 에밀이 깨어나기까지 멀지 않았다.

다인이 백업 소프트웨어를 들여다볼 동안 윤은 보고 있던 노트북을 덮었다. 4년이라는 시간을 들여 용을 써봤지만 결국 그 논리 구조를 거의 파악하지 못하고 말았다. 그렇다면 더는 됐다고 생각했다. 자리에서 일어나 에밀의 피부에 묻은 기름을 닦아내고 자세를 바로잡아 주었다.

지금은 존재 자체가 금지되어버린 인간을 닮은 안드로이드, 그것이 한참이나 이 낡은 공장에 잠들어 있었다. 정말 간담이 서늘한 일이다.

소프트 점검이 끝나고, 다인이 기상 명령어를 입력했다. 에밀 안의 작은 부품들이 돌아가는 소리가 들리면서 긴장감이 올라갔다. 약동이 있다. 생명감.

바깥은 희미하게 밝아오고 있었다. 해는 아직 뜨지 않았다. 이 시간에는 묘한 긴장감이 몸을 데운다. 윤은 이런 느낌 때문에 겨울을 좋아한다.

에밀이 눈을 뜬다.

"안녕."

누가 먼저랄 것도 없이 둘이 동시에 그녀에게 인사를 건넸다. 그동안 몇 번이고 대답이 돌아오지 않는다는 걸 알면서도 건넨 인사였다. 하지만 이번에는 달랐다. 에밀은 조금 머뭇거린 후에 입을 떼었다.

2

홍윤이 정다인을 알게 된 것은 고등학교 1학년 겨울 방학 직전이었다. 정확히는 원래 알고 있었지만 제대로 된 대화를 나눈 것은 그때가 처음이었다. 윤은 사교성이 딱히 나쁜 편은 아니었지만, 그렇다고 모두와 두루두루 친하게 지낼 수 있는 인간은 아니었다. 그는 그런 종류의 노력이 자신에게 불필요한 부분이라고, 그리고 불가능한 부분이라고 생각하고 있었다.

그 시기의 교실은 어쩐지 느슨한 긴장감에 뒤덮여서

제대로 노는 것도, 공부에 전념하는 것도 어려웠다. 그런 분위기 속에서 윤도 예외는 아니었기에, 목적이 없는 어중간한 수업에 따분해진 그는 교과서 밑으로 몰래 과학 잡지를 읽고 있었다. 그 달의 메인 기사는 그가 가장 관심 있어 하는 분야인 인공지능에 관해 다루고 있어서 도저히 수업이 끝날 때까지 기다릴 수가 없었다.

수업 종료 종이 울리는 것도 듣지 못한 채로 쌀알만한 글자들을 읽고 있는데 누군가 뒤에서 그의 어깨를 건드렸다.

'뭐야.'

방해받은 듯한 마음으로 흘끔 돌아보자 등 뒤에서 책상 위의 잡지를 지긋한 눈으로 보고 있는 같은 반 아이가 있었다. 그가 윤을 보고 싱긋 웃었다.

그 사람이 다름 아닌 정다인이었기에 윤은 무척이나 놀랐다. 특별히 뭔가 눈에 띄는 짓을 하지도 않는데도 고등학교에 입학하자마자 온 학교에 이름이 알려지게 된 녀석이다. 얼굴도 멋지고 키도 크고, 거기다 침착한 분위기를 가진 녀석이었다. 운동도 곧잘 했고, 무엇보다도 성적이 엄청나게 좋았다. 그는 배치고사부터 1학년 기말고사까지 단 한 차례도 전교 1등을 놓치지 않았다. 소위 말하는 '뭐든 잘하는 인간'이었다. 윤의 입장에서는 그런 인간이 정말로 실재하는지는, 그를 보기 전까진 믿지 않고 있었다.

윤은 다인과는 달랐다. 자신 있는 분야가 없는 건 아니지만 이외의 분야는 끔찍하게 못했고, 굳이 말하자면 못하는 게 훨씬 더 많았다. 그래서 다인과 같은 인간이 근처에 있어도 사는 세계가 완전히 다르다는 느낌이 들어 절대 가까워질 수 없다고 생각하고 있었다. 그런 다인이 윤에게 먼저 다가온 것이다.

"그거 이번 달 〈사이언스 트립〉이지? 나도 좀 보여줘."

다인은 윤의 책상 위의 잡지를 가리켰다. 윤은 뭐라 확실하게 답하지 못한 채로 잡지를 건네주었다. 다인은 선 채로 한 손에 잡지를 들고 다른 쪽 손으로 팔락팔락 어렵잖게 넘겨가며 읽었다.

그 모습을 보며 윤은, 정말 뭘 하든 폼이 나는 녀석이구나, 하는 생각을 했다.

"역시 인공지능 안드로이드라고 하면 FG-102 타입이려나."

다인이 잡지에서 눈을 떼지 않고 말했다.

“조금 구식 같지만 그래도 이런 프로토타입 같은 형태가 좋아. 이게 인간형 안드로이드지, 라는 느낌이 드니까.”

“무슨 의미인지 알 거 같아.”

갑작스러운 다인의 말에도 윤은 당황하지 않고 답했다.

“너 안드로이드나 인공지능에 관심 좀 있나 보다?”

다인이 물었다.

“굳이 말하자면 안드로이드 구동 쪽.”

“나는 이쪽에 관심이 좀 있거든.”

다인은 자신의 관자놀이를 검지로 톡톡 쳐 보였다.

“이렇게 어려운 잡지를 읽을 정도면 꽤 잘 아는 모양이네.”

“뭐 그런 편이지. 중학교 때부터 자동기계는 가끔 만들기도 하니까.”

윤은 조금 우쭐해져서 그렇게 말했다. 윤의 말에 다인은 잠시 고민하곤 조심스레 입을 열었다.

“나 전에 버려진 안드로이드를 주웠거든. 그것도 굉장

히 특이한 거로. 관심 있으면 어때, 한번 보러 올래?"

"뭐 진짜?"

윤은 진심으로 놀랐다. 최근 안드로이드는 아주 제한된 곳에서 엄격한 규정 하에서만 사용되고 있기 때문에 쉽게 구경할 수 있는 것이 아니었다.

"그걸 왜 이제야 말해. 오늘 바로 보러 가도 돼?"

윤이 갑자기 몸을 일으켜서 다인은 조금 어리둥절해졌다.

"오늘 바로라니… 이 이후에 학원이라든가 이것저것 있잖아. 너나 나나."

"그거야 빼먹으면 되지." 윤은 딱 잘라 말했다. "학원이야 언제든 갈 수 있지만 내가 그 안드로이드를 보고 싶다는 기분은 지금 당장이라고. 기다리는 건 취향이 아니라서. 어쨌든 학교 끝나면 바로 데려가 줘."

다인이 대답을 고민하던 중에 마침 수업 시작을 알리는 종이 울렸다.

* * *

결국 다인은 부모님에게 잔소리를 듣게 될 것을 각오하고 윤을 데려가게 되었지만, 그것은 '그 안드로이드를 보고 싶다는 기분은 지금 당장'이라는 말에 의외로 감명을 받은 탓이었다.

다인도 마찬가지였다. 예전부터 생각이 떠오른 일은 바로 하지 않으면 견디지 못하는 성격이었다. 시간을 들여 생각을 숙성시키지 못하는 것이다. 덕분에 난감한 일들도 여러 번 겪었지만 그런 자신의 성격을 고치려고 한 적은 없었다.

다인을 따라 윤은 전철역으로 향했다.

오후 세 시를 넘은 전철역에는 거의 사람이 없었다. 그들은 교복 주머니에 손을 찔러 넣고 슬렁슬렁 역사 안으로 들어갔다. 바깥으로 통해 있는 플랫폼에서 전철을 기다리고 있자니 한기가 패딩 안까지 스며들었다.

전철이 도착했다. 서울에서 조금 벗어난 외곽으로 향하는 전철이다. 한참을 말없이 전철을 타고 도착한 곳은 한적한 공장지대였다. 산을 등지고 몇 블록씩 떨어져서 공장들이 세워져 있었지만, 그 근처를 둘러보니 거의 다 실제로는 사용되지 않는 공장들이었다. 삐걱이며 기계 돌아가는 소리가 들리는 공장에서도 인기척은 느껴지지 않았다.

이런 곳은 처음이었다. 전철을 타고 한두 번 환승하면 도착할 수 있는 곳에 이렇게나 흥미로운 곳이 있다는 것을 윤은 전혀 모르고 있었다. 기묘하다는 감정과 동시에 커다란 호기심이 생겨났다.

여기저기 다 둘러보고 싶었지만, 다인이 말한 안드로이드를 보는 것이 우선이었다.

공장들이 밀집해 있는 구역은 그다지 넓지 않았다. 좁은 도로를 따라 걷자니 가장 구석에, 공장인 듯했지만 그렇게 부르기에도 부끄러울 만큼 낡은 컨테이너가 있었다.

다인은 능숙하게 셔터를 열었다. 그리고 그곳 한켠에 있던 천막을 들추었다.

"와 진짜 엄청난데, 이거."

그곳에는 실제 인간을 빼다박은 듯한 안드로이드가 나무 팔레트 위에 눕혀져 있었다. 그게 안드로이드라는 걸 알 수 있었던 건 너덜너덜해지고 곰팡이가 핀 인공 피부며 까져서 내부 기계 부품이 선명하게 드러난 옆구리 때문이었다. 아주 오랜 시간 동안 고장 난 채로 방치되어 있었던 모양이다.

윤은 그 안드로이드의 팔이나 머리를 들어서 섬세하게 살펴보았다. 거칠게 잘려 나간 머리카락이나 파손되어서 나중에 붙인 것 같은 팔이 눈에 들어왔다. 피부의 감촉이나 눈썹 같은 것들이 실제 인간 같아서 약간 소름이 돋았다. 굉장히 정교했기에 만들어졌다기보다는 '태어났다'라는 표현이 더 어울릴 정도였다.

하지만 이 안드로이드는 어디서 온 것일까. 이런 인간과 가까운 안드로이드는 법적으로 금지된 지 벌써 4년이 넘었다. 윤은 문득 예전 뉴스가 떠올랐다.

'이번 안드로이드 처분 법안이 통과됨에 따라 전국적으로 모든 종류의 인공지능이 탑재된 안드로이드들은 수거될 예정이라고 정부는 전했습니다. 또한, 개발에 참여했던 모든 연

구진을 모아 이번 안드로이드 폭주 사태에 대해 해결책을 논의할 것이라고 밝혔습니다.'

4년 전, 새 대통령이 선출된 지 얼마 되지 않아 국내에서 안드로이드들이 폭주해 사람을 해치는 사건이 발생했다. 원인은 알 수 없었다. 단지 인공지능이 고차원의 사고(思考)를 지님과 동시에 감정을 느낄 수 있었기 때문이라는 추측만이 떠돌았다.

이 사건을 통해 전국적으로 안드로이드에 대한 공포심이 확산되었고, 정부는 곧바로 안드로이드의 수거에 나섰다. 그와 동시에 유명했던 인공지능 분야의 인사들이 일순간 자취를 감추었다.

이 사건에 대해 수많은 음모론이 돌았지만 얼마 후 곧 사람들의 기억에서 잊히게 되었다. 정부의 깔끔한 일처리 덕분인지 사유화된 인공지능 안드로이드가 전부 사라졌기 때문이었다. 결국 '그 사건'이라는 별명만을 남기고 모든 것들이 과거로 돌아가 멈춰버렸다.

윤은 이상한 일이라고 생각했다. 새 정부 출범 당시 그는 아직 어렸지만, 처음부터 그들이 이상하리만큼 인공지능이나 안드로이드에 대해 적개심을 가졌다는 느낌을 적지 않게 받아왔다. 그와 동시에 일어난 안드로이드의 폭행 사건. 윤의 마음 한켠에서 어쩌면 그들이 일부러 그런 사건을 터뜨린 게 아닌가 하는 상상을 했다. 하지만 무엇 때문일까. 막연한 두려움, 그 외에는 떠오르지 않았다.

다인이 주워왔다는 이 안드로이드는 어쩌면 실수로 버려진 것인지도 모른다. 회수 과정에서 누락되었을 것이다. 그게 아니라면 어쩌면, 잡히지 않기 위해 도망치다가 수명이 다 되어 깊이 잠들어버린 걸 수도 있겠다.

사실 그 둘은, 아니 그 둘을 포함한 일반 사람들은 이런 안드로이드에 대한 지식이 거의 없다고 봐도 무방했다. 애초에 사유화된 안드로이드라고 해도 극소수의 부자들만이 소유한 것이었기에 실제로 마주하기 힘든 것이었고, 4년 전 사건 이후 이런 안드로이드에 대해 자세하게 이야기해 줄 사람을 찾을 수 없었으니 말이다. 그러니 어쩌면 이게 그 사건 이후로 남은 마지막 안드로이드일 수도 있었다.

그럼에도 윤은 딱히 그 사건과 이 안드로이드를 연관 지을 생각은 없었다. 그저 눈앞의 정교하게 만들어진 실물 인공지능 안드로이드가 있다는 사실만이 그의 심장을 뛰게 만들었다. 지금은 잠들어 있지만 만일 깨어난다면 그것만으로도 피가 끓을 정도로 흥분되는 일이 아닐 수 없었다.

이상한 감정이었다. 이토록이나 무언가에 마음이 움직여본 것이 처음이었다. 사람에게서도 느껴본 적 없던 기분이다.

"우리가 한번 고쳐볼까?"

다인이 그렇게 말했다.

"우리가? 하지만 어떻게?"

"그거야 지금부터 생각해 봐야지. 부품을 구해다 교체하고, 휘발된 정보들은 채워내면 되지 않을까? 너는 본체를, 나는 시스템을 맡는 거야."

이걸 고쳐본다… 윤은 이 안드로이드가 고쳐지면 좋겠다는 생각을 했지만, 정작 자신이 직접 고쳐본다는 생각을 어째서인지 하지 못하고 있었다. 눈앞의 기계에 흥분되면서도 마음 한구석에는 불안감이 자리잡고 있었기 때문일까.

직접 내 손으로 이 아이를 살린다, 그 생각은 그를 더 없이 흥분되게 만들었다.

3

"근데 필요한 부품은 어떻게 구하지?"

윤이 물었다.

고친다는 감정은 앞섰지만 금세 현실적인 문제에 막힐 것이 눈에 보였다.

"그거라면 좋은 데를 알고 있어."

다인은 작은 컨테이너 공장을 나와 어디론가 향했다. 윤은 그의 뒤를 말없이 따라갔다. 그렇게 10분을 걸었을까, 다인은 어느 공장부지 안으로 들어갔다. 아까 본 그 낡아빠진 공장보다는 훨씬 제대로 모양을 갖춘 곳이었다. 입구에는 모서리가 조금 녹슨 간판에 'GES'라고 적혀 있었다. 아마 이 공장의 이름일 것이다.

"예전에 여기서 잠깐 아르바이트를 했거든."

다인이 큰 철문을 옆으로 밀자 끼기긱하는 녹슨 금속 부딪치는 소리와 함께 문이 열렸다.

"학수 아저씨, 저 왔어요."

다인은 그 안의 한 남자를 불렀다.

"뭐냐, 다인이냐. 웬일이야."

험악하게 생긴 커다란 덩치의 남자는 스테인리스 재질로 보이는 롤을 깎는 중이었다. 그는 작동 중이던 기계를 끄고 손질하던 금속 롤을 바닥에 내려놓고는 다인에게 다가왔다.

"잘 지내셨어요? 혹시 이번에 일손 필요하지 않으신가 해서요."

다인이 싱긋 웃으며 아저씨에게 말했다.

"일손이야 언제나 필요하지만… 아무나 시킬 수는 없는 일들이니까. 다인이 너라면 부품 가공 같은 일을 부탁할 수는 있겠지만 말이다."

"저도 저지만 이 친구도요."

다인이 윤을 돌아보며 가리켰다.

"네 친구냐? 미안하지만 지금부터 새로 가르칠 여유가 없어. 그리고 여기는 어린애들이 어슬렁어슬렁 돌아다녀도 되는 장소가 아니라고."

"제가 아무나 데려왔겠어요. 한번 시켜보세요."

아저씨는 윤과 다인을 번갈아 보았다.

"너희들 뭘 하고 싶은 거냐? 좋은 아르바이트라면 여기 말고도 많은데."

"써스•를 구하고 싶어요."

윤이 그렇게 말하자 순간 다인은 갑자기 그가 무슨 소리를 하는 건지 알 수 없었다.

"써스? 그런 걸 어디다 쓰게."

"안드로이드의 외피 재료로 쓰려고요."

그러자 옆에 있던 청해 아저씨가 끼어들었다.

"안드로이드라니, 그건 장난감이 아냐."

"장난감이라고 생각하지 않습니다. 제대로 된 녀석이라고요."

• SUS, Steel Use Stainless. 스테인리스 강(鋼)을 말함.

윤이 울컥해서 말했다.

다인은 조금 놀랐다. 윤이 어떤 재질을 사용할지 벌써 생각했을 거라고는 상상도 못 했다. 알수록 재미있는 녀석이라는 생각을 했다.

"하지만 너희들, 꼬맹이들 주제에 원하는 수준으로 금속 가공은 할 줄 아냐?"

"할 수 있어요."

윤이 말했다.

"오호라, 큰소리를 치는데. 그럼 따라와 봐."

그들은 일단 밖으로 나가 옆 동에 있는 2층 야외 공장으로 따라갔다. 한쪽 벽이 전부 셔터로 되어 있어 대형 트럭이라도 드나드는 곳인 듯했다.

"여기 도면이랑 기계 사용법이다. 거기 나와 있는 대로 가공해 봐."

거기에는 두 손으로 들 만한 크기의 얇은 철 상자가 쌓여 있었는데, 안쪽에 부품이나 코드를 배치하기 위한 후크가 몇 개나 달려 있었다. 도면을 보니 그 측변에 네모 구멍을 뚫는 작업으로, 일 자체는 어렵지 않지만 약간만 위치가 어긋나도 허사가 되는 엄격한 공정이었다.

윤과 다인은 적혀 있는 대로 필요한 장비를 걸치고 같은 작업을 금세 두세 번 정도 해내 보였다. 하지만 작업을 하던 중 묘하게 섬뜩한 부품의 조형에 목덜미로 식은 땀이 흘렀다.

"꼬맹이들 주제에 그 정도 할 줄 알면 대단한 거다."

학수 아저씨가 그들이 내놓은 가공품을 이리저리 훑어보곤 말했다.

"하지만 이거…."

윤이 조그만 목소리로 말했다.

"그래. 안드로이드 본체 부품이지."

아저씨는 턱 아래를 긁적이면서 유쾌하다는 듯이 말했다.

"좋아. 내일부터 너희 여기서 일해라. 이런 일을 할 사람이 많이 줄었어. 계속 일해 준다면 써스 판이든 정밀 부품이든 뭐든 원가로 팔아주지. 위험한 일이니까 일당은 제법 높다고."

윤과 다인은 서로의 얼굴을 마주보았다. 다행히 다인은 물론이고 윤도 일을 맡길 수 있을 만큼 신뢰가 생긴 듯했다.

그들은 개인 사물함과 방진복을 얻어서 방과 후나 주말, 혹은 긴 연휴 때면 공장에서 조금은 위험한 공정을 하면서 돈을 벌게 되었다. 일당은 하루에 10만원. 많이 하든 적게 하든 변함없이 같은 급여였다.

1학년 겨울에서 2학년 봄에 걸쳐 일하면서 공장 한구석을 빌려 정밀 금속 공정을 배웠다. 그러면서 컨테이너 공장에 있는 안드로이드를 고칠 도면을 구상했다. 가끔 학수 아저씨나 청해 아저씨가 그들의 도면을 보곤 말도 안 되는 방식이라면서 면박을 놓았다. 화가 치미는 일이었지만 아저씨들의 말은 누가 뭐래도 옳았고, 그들이 모르는 기법이나 설계상의 기술을 아낌없이 전수해 주었기 때문에 결국은 고맙게 조언을 들었다.

공장으로 향할 때는 항상 같은 시간에 도착하는 전철을 탔다. 배차 간격이 넓어서 그런지 언제나 정확한 시간에 전철은 플랫폼에 도착했다.

윤과 다인은 전철 구석 자리를 하나 점령하고 좌석 두 개를 이용해 널찍하게 앉았다. 늘 같은 자리에다 늘 같은 자세였다. 다인은 컴퓨터 프로그래밍 관련 책을 읽었고 윤은 핸드폰으로 웹툰을 보며 시간을 보냈다.

그들은 전철 안에서 대체로 침묵했다. 침묵하는 게 자연스러웠다. 대화가 없으면 거북하다는 사람도 가끔 있지만 대체 뭐가 그리 불안한가 싶었다. 윤은 다인과 둘만 있을 때의 침묵에 안심하곤 했다. 전철 차바퀴가 덜컹거리는 리듬이나 주위 사람들의 작은 소음에 둘러싸여 있는 것도 마음이 편했다. 바깥 경치가 점점 어두워지는 모습이나, 주위에 민가가 사라지고 휑해져 가는 느낌이나, 거울처럼 된 창유리에 비치는 자신의 멍한 얼굴 같은 것이 그의 손이 닿는 그의 세계였고, 윤은 그것들에게 친근감을 느끼며 그것들이 자신을 지켜주는 듯한 느낌을 받았다.

"그 부분은 나노네트를 사용하는 게 어때? 전자 골격이 아니라 인조 근육을 이용하고 전자 신호를 방사하는 식으로."

도면을 그리며 그렇게 말한 다인은 별로 맛있을 거 같지도 않은 담배를 피우고 있었다. 다인은 평소 우등생의 모습과는 반대로 꽤나 반항아적인 측면이 있었다. 그 대표적인 예로 그는 고등학생 주제에 엄청난 골초였다.

"표면상으로는 착한 애로 지내니까 스트레스가 쌓이거든. 못 본 척해 줘."

빈틈이 없는 녀석이라 주위 사람들은 그가 담배를 피운다는 사실을 전혀 알지 못했지만, 윤의 앞에서는 안심하고 태연하게 몇 대나 연달아 피워댔다. 덕분에 윤은 머리카락이나 옷에 냄새가 배어 부모님이나 선생님에게 의심받지 않도록 상당히 조심해야만 했다.

"좀 고생인 것 같기도 하지만 난 약간 스트레스가 쌓이더라도 한 번쯤은 우등생의 기분을 맛보고 싶은걸."

"뭔 헛소리야."

다인은 커피를 마시고 남은 종이컵에 꽁초를 집어넣고 비스듬히 웃었다.

"그런 생각은 안 하는 주제에 말은 잘도 한다."

"진심인데."

"아니 절대 그렇지 않을걸. 그 정도는 금방 안다."

다인은 자신만만하게 결론지었다. 그러다가 문득 "나는 네가 부러운데."라고 말해서 윤은 약간 당황하고 말았다.

"자기 페이스로 자기가 좋아하는 것만 담담히 하는 점이. 주위가 어떻든 나는 나니까, 그런 느낌이지. 그런 점이 대단하고, 나는 못 하는 부분이야."

유난히 차분한 말투라 윤은 입을 열 수가 없었다.

누구도 발견하지 못하는 자신의 치부를 남의 이야기처럼 주저 없이 내뱉는 다인은 윤이 지금까지 만난 적 없는 사람이었다. 하지만 무언가에 얽매이지 않는 상쾌한 말투가 윤을 자극했다. 다인에게는 분명 자신을 강하게 끌어당기는 뭔가가 있다, 윤은 그렇게 생각했다.

"하지만 담배는 몸에 나쁘다. 좀 끊어."

윤은 뭔가 말해야만 할 듯한 기분이 들어 그런 대수롭지 않은 말을 했다. 다인은 새 담배에 불을 붙이면서 잠깐 따분하다는 얼굴을 하더니 갑자기 몸을 내밀어 윤의 얼굴에 훅, 하고 연기를 내뿜었다.

"뭐 하는 거야!"

윤이 기침을 하며 연기를 손으로 휘저으면서 말하자 다인은 무척이나 재미있다는 듯이 웃었다.

"뭐 어때. 같이 폐암으로 죽자."

* * *

그날은 오후부터 보슬비가 내리기 시작했다. 공장 내부는 온도 습도가 완전히 제어되고 있었지만, 외부에 놓아둔 자재들은 비에 직접적으로 노출된 데다가 자칫하다간 부품들이 망가질 수도 있다. 공장 직원 전원이 하던 일을 멈추고 비가 더 거세지기 전에 서둘러 자재들을 차곡차곡 쌓아 지게차를 동원해 공장 안에 들여놓았다.

고등학교 3학년으로 올라가기 직전의 겨울방학, 윤과 다인은 방학이 시작되자마자 누가 말하기도 전에 공장에서 본격적으로 아르바이트를 시작했다. 일요일을 제외하고 일주일 내내 공장에 출석 도장을 찍었다. 가끔 일이 많은 때는 일요일마저 나갈 때도 있었다.

윤은 공장부지 안으로 달려가 대형 트럭이 여유롭게 한 바퀴 돌 수 있을 만한 주차 공간을 빙글 돌아 사무동 앞에 자전거를 세웠다. 제일 끝까지 활짝 열어둔 커다란 철제 슬라이드 문으로 들어가자 학수 아저씨와 청해 아저씨가 작업복 차림으로 스토브 옆에 앉아 있었다. 그 근처에는 웬일인지 그다지 자주 마주치지 않던 다른 블록의 아저씨들도 와 있었다.

"안녕하세요. 쉬는 시간이신가 봐요?"

"어 그래. 너도 와서 불 좀 쬐라."

청해 아저씨가 말했다.

윤이 벽에 세워두었던 파이프 의자를 펼치고 있으려니 먼저 와 있던 다인이 커피가 든 종이컵을 들고 탕비실 쪽에서 모습을 보였다.

"늦었잖아 홍윤."

"미안."

다인이 낡은 철제 테이블 위에 종이컵을 내려놓았다. 청해 아저씨는 테이블 위의 빵 봉지를 뜯으며 재밌다는 듯 윤에게 말했다.

"윤아, 들었다. 너희들 안드로이드를 주워 왔다며? 그것도 좀 거시기 한 거."

윤은 그 말을 듣고 조금 생각을 굴린 다음 고개를 홱 돌려 다인을 째려봤다. 다인은 어쩔 수 없었다는 표정을 지으며 입모양으로 '미안'이라고 말했다. 흔하게 볼 수 없는 다인의 진심이 들어간 표정이었기에 윤은 더 이상

그를 탓하지 않았다.

“됐어, 다들 조용히 해봐. 윤이가 방금 출근하긴 했지만 오늘은 비도 오고 일도 이만 마칠 겸 너희에게 해줄 말이 있다.”

학수 아저씨가 남은 커피를 단숨에 들이켜며 말했다.

“이번 달 말일에 이 공장을 나갈 거야.”

“드디어 망한 건가요, 여기.”

다인이 누가 들어도 장난인 말투로 말했다.

“그런 말은 장난으로라도 함부로 하는 게 아냐. 이번에 공장을 옮기기로 했다. 평택 쪽 좀 더 큰 곳으로. 그날은 너희도 장비들 옮기는 걸 도와줘야 해. 그리고 나면 너희들 일은 이걸로 끝이다. 다만 여긴 너희가 써도 좋아. 기본적인 설비들은 두고 갈 거니까 마음대로 사용해.”

그 말을 들은 윤과 다인은 서로를 바라보며 어리둥절한 표정을 지었다. 실감이 나지 않는다는 표정이었다. 일이 진행되는 속도가 무서웠다.

“아 참, 그리고 필요한 자재가 있으면 말해. 전에 말했던 것처럼 원가로 줄 테니까. 자, 그럼 오늘은 해산이다.”

아저씨의 말에 맞춰 모두가 기다렸다는 듯이 자리에서 일어났다.

공장 이사는 1월 마지막 날에 이뤄졌다. 10톤급 트럭에 가공 기계와 자재를 옮겨 싣고 새로운 공장으로 보냈다. 옮길 게 많이 없었음에도 전부 조심히 다뤄야 하는 물건들이라 짐을 싣는 과정만으로도 하루가 훌쩍 넘어갔다.

자정이 다 돼서야 모든 이사가 끝났다. 윤과 다인은 피곤한 몸임에도 작은 컨테이너에 있던 안드로이드를 이사 후 텅 빈 공장으로 날랐다. 같이 놓아두었던 다인의 노트북도 함께 가져왔다.

휑해진 공장 한가운데에 기계 몸뚱이를 앉혀 놓았다. 낡은 공장 건물은 벽판이 제대로 맞물리지 않아 그 틈새로 달빛이 새어들었다. 그 빛을 받아 잠들어 있는 몸의 형태가 어렴풋이 떠올랐다.

다인이 벽의 배전반 레버를 올렸다. 파직 하는 소리가 울리며 여덟 개의 푸르스름한 할로겐 등이 바랜 빛을 내었다. 광원은 사방에서 한 곳을 비추었다.

인간을 따라 하다가 미처 그 존재에 닿지 못한 낡은 형체.

"이름."

윤이 중얼거렸다.

"응?"

"얘 이름을 뭐로 할까."

그러자 다인은 까먹고 있었던 것을 떠올려냈다.

"전에 잠깐 안의 시스템을 들여다본 적이 있는데 말이야, 지금은 대부분이 복구 불가능하지만 이름 정도는 알아낼 수 있었어."

"정말? 그래서 이름이 뭐야?"

"에밀."

순간 윤은 그 이름이 너무도 적절하다고 생각했다. 왠지 처음부터 이 아이가 직접 자신에게 그 이름을 알려줬던 것만 같았다. 윤은 그런 느낌을 받았다.

"좋네, 에밀."

에밀.

윤은 그 이름을 몇 번이고 입 안에서 굴렸다. 심장이 팽창과 수축 하는 게 느껴질 정도로 빠르게 뛰었다.

"언제쯤이면 다 고칠 수 있을까."

다인이 에밀의 손을 만지며 말했다.

"아직 한참 멀었지. 고장난 외피 부분은 어떻게든 구했다고 해도 아직 뭉개진 회로나 그 안 시스템도 만질 준비가 안 됐잖아."

"하지만 언제까지든 해보고 싶지 않냐. 얼마가 걸리든 말이야."

윤은 '언제까지든'이라는 단어를 특히 힘주어 말했다. 그건 그의 투명한 진심이었다.

"응. 반드시."

그 순간, 다인 또한 같은 마음이었다.

분명 어려운 일일 것이다. 하지만 할 수 없을 것 같다고 이대로 놓쳐버릴 수는 없었다. 이제 고작 시작일 뿐이었다.

그들은 막 손대기 시작한 이 고장난 생명체를 바라보며 뭉클 차오르는 기분 좋은 감개에 젖었다. 저 눈이 빛을 내며 깨어나는 그날을 꿈꾸었다.

4

에밀의 수리는 순조로운 듯했지만 어느 순간부터는 눈에 띄게 진척이 더뎌지기 시작했다. 자재가 갖추어진 덕분에 고장난 외부를 수리하는 건 어려운 일이 아니었다. 문제는 타버린 내부 회로와 시스템 복구였다.

철제문이 열리는 소리를 듣고 녹색 문자들이 나열된 화면을 들여다보고 있던 윤이 뒤돌아봤다.

"왔냐."

"일찍 와 있었네."

다인은 윤의 무릎 위에 얹어 있는 노트북 화면을 들여

다보았다. 다인의 손에는 프린트해 온 회로 설계도가 파트별로 클립에 집혀 들려 있었다. 어느새 이런 부분까지 할 수 있게 된 건지 모르겠지만 역시 대단한 녀석이라고 윤은 생각했다.

본격적으로 공장을 옮겨서 에밀을 수리한 지 2년이 지났다. 그렇다고 2년의 전부를 쏟아 부은 것은 아니었다. 윤도 다인도 결국에는 입시제도라는 틀 내에서 움직여야 했기 때문에 공장이 이사하던 그해, 즉 그들의 고등학교 3학년 시기에는 딱 여름방학 직전까지만 작업을 하기로 했다. 그 이후부터는 대학 입시를 생각하기로 한 것이다.

본격적인 입시 철이 되기 전까지는 방과 후 같이 학교를 나서며 에밀에 관해서건 아니건 무엇이든 잡담을 나누었지만, 10월에 들어서면서 미리 규칙이라도 정해 놓은 듯 만나지 않았다. 윤은 수시 전형으로 일찌감치 갈 대학이 정해졌지만 다인은 뭐가 그리 어려운지 수능이 끝나고도 한참이나 원서 때문에 바빴다. 그래서 그들이 다시 작업을 재개한 것은 그 다음해가 되어서였다.

"학교는 어떻게 됐어?"

윤이 슬쩍 떠보며 물었다. 빈틈없이 완벽한 다인이었지만, 그럼에도 민감한 주제였기에 윤은 조심스러울 수밖에 없었다.

윤의 질문에 다인은 별 자랑거리도 아니라는 듯이 한 유명 대학의 이름을 말했다.

"뭐야, 너 정말 대단한데. 사실 너 공부하는 걸 한 번도 본 적이 없는데."

"당연한 거지."

다른 사람들이 들으면 재수 없다고도 여길 만한 말이었지만 윤은 그의 성격을 누구보다 잘 알기에 전혀 그렇게 받아들이지 않았다. 정말로 대학 같은 건 다인에게는 아무것도 아닐 터였다. 그러면서도 그는 딱히 좋은 대학에 관심이 없었다. 집에서 한소리 듣지 않을 정도로만 점수를 맞춘 것이다.

입시가 모두 마무리되고 서로가 대학에 들어가기 직전까지 그들은 하루도 빼놓지 않고 에밀을 찾아가 수리를 계속했다. 대학에 들어간 후에도 수업이 별로 없는 날이나 주말 같은 날이면 꼬박꼬박 공장에 출근 도장을 찍었다.

윤이 다인에게 조금씩 화가 나기 시작한 것은 그로부터 조금 뒤부터였다. 3월이 지나고 4월이 되면서, 다인이 공장에 오는 것이 뜸해졌기 때문이었다. 그뿐만이 아니었다. 묘하게 다인의 태도가 이상해지고 있었다. 다인은 종종 신경질적으로 말하곤 했는데, 그 빈도가 잦아 윤도 덩달아 화를 내기도 했다. 윤은 다인의 분노가 자신을 향해 있다는 것을 눈치챘지만, 그 원인이 무엇인지는 어떻게 해도 알 수 없었다.

대학교 1학년의 종강 당일, 윤은 아무도 없는 공장에서 혼자 에밀을 손보고 있었다. 처음 봤을 때부터 다 타버린 채였다. 자연스레 고장이 났다기보단 누군가가 일부러 강제로 정지시키기 위해 과전류를 흘려준 것 같았다.

이 아이는 과연 어떤 아이였을까. 맥락 없는 의문이 들었다. 만든 사람은 누구였을까, 주인은 누구였을까, 무엇을 위해 만들어진 아이일까. 이런 영원히 알 수 없는 것들에 대해 머릿속에서 굴려보았다. 이토록 정교하게 만들어진 안드로이드라면 결코 가사를 위해 만들어진 양산(量産)형일 리 없었다. 게다가 희미하게 설계자의 애정이 느껴지기도 했다.

에밀을 보고 있으면 윤은 어지럽고 가슴이 답답해지는 기분을 억누를 수가 없었다. 구석구석에서 기계의 흔적을 보이고 있음에도 지독하게 인간을 닮아 있는 그 모습을 보고 있으면 실제보다도 더 인간 같다는 생각이 들었다. 잠들어 있기는 해도 그 자체만으로 윤의 마음이 담기고 있었다.

눈을 감은 채 고요히 잠든 그 모습에 순간 기분이 이상해졌다. 춥지는 않을까, 하는 생각이 들었다. 윤은 테이블이랑 의자, 그리고 잡동사니들이 쌓여 있는 사무실 구석에서 담요를 찾아와 에밀에게 덮어주었다. 이러면 좀 낫겠지. 그렇게 생각했다.

"늦었잖아, 정다인."

윤은 다인이 들어오는 소리에 뒤를 힐끗 돌아보았다. 에밀의 다리 부분을 손보던 중이었다.

"미안하다고. 나도 이래저래 바쁜 걸 어뜩하냐. 그리고 앞으로도 자주 못 와. 해야 할 게 많으니까."

"네가 하고 있던 프로그래밍은 어쩔 거야. 빨리 마무

리 지으라고."

다인은 대답 없이 담배에 불을 붙였다. 대꾸하기 귀찮다는 표시였다.

그는 노트북을 들여다보고 있는 윤의 뒤를 지나쳐 에밀이 있는 곳으로 갔다.

"이건 뭐하는 거냐."

윤이 다인 쪽을 돌아보니 다인이 에밀에게 덮어주었던 담요를 들추고 있었다.

"놔둬."

신경질적인 말투였다.

"…너 이거 뭔가 이상하다는 거 알지?"

"뭐가."

윤은 노트북 자판에서 손을 뗐다. 하지만 다인을 보진 않았다.

"이상하다는 건 대체 어떤 기준인 건데?"

"이건 기계라고."

"그냥 기계가 아냐. 깨어만 난다면 스스로 생각하고 움직이는 안드로이드라고."

꽤나 긴 침묵이 흘렀다. 다인이 피우던 담배를 몇 번

이고 손가락으로 튕겨서 끄곤 바닥에 던져버렸다.

"됐다. 난 간다."

다인이 패딩의 지퍼를 올렸다.

"넌 에밀을 딱 그 정도 생각으로 만지고 있었던 거냐?"

다인은 대답하지 않았다.

"네 맘대로 해. 너 없이도 혼자 고칠 거니까."

윤은 다시 노트북 자판으로 손을 옮겼다. 하지만 무얼 하고 있었는지 순간 기억이 나질 않았다.

"잘 생각해라. 네가 지금 눈앞에 대하고 있는 게 뭔지. 설정된 프로그램에 의해 움직일 기계인지, 아니면 진짜 인간인지."

다인은 그렇게만 말하고는 철제문을 열고 나가버렸다. 문틈이 어긋났는지 날카로운 금속 소리가 공장 내에 울려 퍼졌다.

5

대학의 연구 동은 무서울 정도로 완벽하게 온도가 관리되고 있었지만, 다인은 어쩐지 바깥의 차가운 공기가 살갗으로 스며드는 것 같은 느낌을 받았다. 윤과 싸운 뒤로 벌써 1년이라는 시간이 지나 있었다.

"지난번에 넘겨준 코드 파일은 잘 받았어. 오류 없이 깔끔하던데?"

다인의 앞에 있는 사람은 같은 연구실의 대학원생 권은주 선배였다. 그녀는 다인의 튜터를 맡고 있는 박사 과정의 연구자였다. 전문 분야는 뇌화학. 전공이 조금 달라서 직접적으로 그녀의 지도를 받는 일은 없었지만, 시설 사용이나 제출물의 진척에 관해서는 그녀에게 자세히 보고하게 되어 있었다.

"감사합니다. 은주 선배야말로 지난번 발표 좋았어요. 학습 메커니즘 주입 방안, 저는 듣고 놀랐다고요."

"에이, 그냥 맨날 보는 논문 좀만 참고하면 되는 거였어."

맨날 보는 논문, 그건 아마 강진수 교수의 논문을 이야기하는 것이리라. 강 교수는 안드로이드들을 대거 처분했던 '그 사건' 이전에 안드로이드 분야에서 최초로 인공지능의 감정과 관련된 학문을 정립한 사람이라고 한다. 하지만 그와 관련된 기록 대부분은 열람할 수 없었다. 그가 만든 안드로이드가 있었다고 들었지만, 그게 무엇인지도 여전히 알 수 없었다. 그리고 역시나 그 사건 이후로 자취를 감춰버린, 의문만이 남아 있는 사람이다.

다인은 바닥도 벽도 광택 있는 소재로 코팅된 무기질적인 복도를 은주 선배와 함께 걸었다. 그녀의 걸음은 빨랐다. 안 그래도 어서 이곳을 벗어나고 싶었던 참에 잘되었다고 생각했다. 다인은 그녀의 걸음에 맞추었다.

"그보다 전에 계속 손보던 그 프로그래밍은 마무리됐어?"

그 말에 놀라서 잠시 굳어버렸다. 아무도 없는 곳에서 몰래 만지던 에밀의 프로그램 맵을 말하는 거였다.

다인은 고개를 숙였다. 그는 나날이 동요를 숨기는 데에 서툴러졌다. 다행히 그게 무엇인지는 들키지 않은 것 같았다.

"예, 뭐. 별로 중요한 건 아니에요."

다인은 괜히 담배를 꺼내 물며 아무것도 아닌 척을 했다.

"어라 그래? 엄청 무서운 얼굴로 보고 있길래 뭔가 했는데."

다인은 은주 선배의 말에 대답하지 않고 조용히 담배만 빨아댔다. 다인이 담배를 태우는 동안 은주 선배는 아무 말을 하지 않았다.

"전 여기서 이만. 수업을 들으러 가야 하거든요."

그는 반이나 남은 담배를 적당히 근처에 던졌다. 바닥에 떨어진 담배는 금세 불이 꺼졌다.

"응. 열심히 해."

그녀는 그렇게 말했다. 다인은 작게 한숨을 내쉬었다.

다인은 어쩌면 그녀가 자신에게 관심이 있는 게 아닌가 하는 생각을 했다. 분명 아름다운 사람이다. 얼굴, 스타일, 목소리나 성격 전부 다 괜찮은 사람이다. 하지만 별로 흥미는 없었다. 그보다는 아예 신경 쓰고 싶지도 않았다. 그래서 그녀가 있으면 어쩐지 불편했다. 그렇기에 딱히 그 마음에 응해줄 생각도, 쳐낼 생각도 없었다. 그는 자신이 나쁘다는 걸 자각하고 있었다. 하지만 그는 그저 어떻게 해야 할지를 모르고 있을 뿐이었다.

다인은 손보던 에밀의 프로그램 맵을 떠올렸다. 그러고 보면 이제 더는 신경 쓰지 않아도 되지 않나, 하는 생각이 잠시 들었다. 아마 에밀이 잠들어 있는 공장으로는 다시 돌아가지 못할 텐데.

슬며시 후회가 밀려왔다. 생각해 보니 왜 이렇게나 매 순간 에밀의 프로그래밍에 연연하고 있는지 스스로도 알 수 없었다. 에밀 때문에 마치 자신의 전부가 그것뿐이라는 생각이 들었다. 그걸로 인해 결과적으로는 에밀의 수리에 손대지 못하게 된 게 아닌가. 대학원의 연구자로 들어가는 게 아니었다고, 그렇게 그는 몇 번이고 후회의 말을 곱씹었다.

대학교 1학년 여름부터 다인은 자신이 다니고 있는 대학 연구실에 연구원으로서 출입하고 있었다. 인공지능 특수 정보처리 연구실, 그게 그의 소속 연구실이었다. 그는 몇 번 교내 프로그래밍 관련 대회에서 상을 탄 적이 있었는데, 그걸 본 대학원 쪽에서 그를 연구 보조로 쓰고 싶다고 한 것이다. 그리고 얼마 뒤에 안 사실인데, 이쪽으로 발이 넓은 학수 아저씨가 그를 추천했다고 한다. 그 일을 계기로 다인은 종종 아저씨와 다시 연락을 주고받곤 했다.

다인은 그 뒤로 공장에 가지 않았다. 실제로 연구실에서의 일이 눈코 뜰 새 없이 바쁘기도 했고, 이미 서로 마음이 상해버린 상황에서 가봤자 좋을 게 없다는 생각이 들어서였다. 아무튼, 윤의 태도가 어딘가 마음에 들지 않았던 그였다. 윤의 행동은 어딘가 분명히 이상하다. 그뿐만은 아니었다. 다인 또한 진지하게 에밀을 손보고 있다고 생각하고 있었는데, 윤을 보면 때론 그의 뒷모습으로부터 패배감이 밀려드는 것이었다. 어째서 윤이 에밀을 대하는 태도를 보면 그토록 화가 나는지 자신조차도 알 수 없었다. 하지만 이제 생각하지 않기로 했다. 그곳에 다시 가지만 않는다면 도저히 납득할 수 없는 감정 따위 다시는 느끼지 않을 수 있을 터였다.

수업에 들어가기 싫어 느릿하게 걷고 있자니, 수신음이 들려와 핸드폰을 꺼냈다. 화면은 문자가 하나 와 있음을 알리고 있었다. 보낸 사람은 학수 아저씨였다.

'오늘 저녁에 시간 나면 술이나 한잔 하자. 내가 그쪽으로 갈게.'

우연히도 오늘 저녁에는 대학원 동 연구가 없는 날이었다. 절묘하다고 생각할 수도 있었겠지만 그는 아저씨가 자신의 일정이 비어 있다는 걸 미리 알고 연락했을 것이라고 확신했다.

* * *

웅성거리는 소리에 윤은 잠에서 깼다. 고개를 드니 어느새 수업이 끝났는지 학생들이 강의실을 나가고 있었다. 그제야 윤도 주섬주섬 가방을 챙겨 강의실을 나섰다. 전날 철야의 피로가 아직 남아 있었다.

2학기가 시작되었지만 윤은 여전했다. 어느새 2학년이었으니 조금은 제대로 학교 수업에 임해야 할 필요가 있었다. 하지만 머릿속에서는 에밀에 대한 생각이 떠나질 않고 있었다. 대학의 수업 같은 건 그의 우선순위에서 밀려난 지 오래였다.

강의 동 엘리베이터를 기다리고 있으니 같은 과 사람들이 우르르 몰려왔다. 윤은 고개를 숙이고 애써 그들을 외면했다. 하루의 수업이 모두 끝나면 언제나 공장으로 향했기에 그에게는 대학에 친구라고 부를 만한 사람이 없었다. 그래서 저런 무리를 보면 저절로 위축되곤 했다.

다인과 싸운 지금, 그는 더 이상 사람과 어울릴 마음이 들지 않았다. 사람에게 상처받기 싫어서일까. 그보다는 그런 마음을 자꾸만 에밀을 보며 위로받기 때문일지도 모르겠다. 어느 쪽이든 정상은 아니다. 하지만 이젠 윤 자신이 어떻게 할 수 있는 부분이 아니었다. 그냥 나머지를 다 포기하고 에밀에게만 집중하는 것이 편했다.

공장에 도착해 가장 먼저 에밀에게 가서 인사를 건네는 것이 그의 일과였다. 돌아오는 대답은 없다. 언제나 같은 결과일 것을 알면서도 윤은 그 일과를 그만두지 않았다. 언젠가 살아 있었을 이 기계 생명이 잠든 상태에서도 듣고 있을지도 모르니까, 그는 그런 말도 안 되는 망상을 머릿속에서 잔뜩 늘어놓고 있었다.

"네가 진짜 인간이라면 어떨까…."

윤은 그렇게 중얼거려 놓고는 스스로 그런 말을 뱉었다는 것에 깜짝 놀라고 말았다. 갑자기 울적함이 찾아들었다.

다시금 다인의 말이 떠올랐다.

'잘 생각해라. 네가 지금 눈앞에 대하고 있는 게 뭔지. 설정된 프로그램에 의해 움직일 기계인지, 아니면 진짜 인간인지.'

난 정말 뭘 하고 있는 걸까, 윤은 그렇게 생각하며 잠시 의도치 않게 흘러 나온 눈물을 닦아냈다.

공장 주소로 학수 아저씨에게서 편지가 왔다.

수업이 늦게 끝난 날 밤, 공장 사무실을 열자 문틈을 비집고 들어왔는지 하얀 봉투가 바닥에 놓여 있었다. 사무실 책상에 짐을 내려놓은 뒤 일단 봉투를 뜯었지만, 사실대로 말하면 읽고 싶지 않았다.

그쪽 근황이 적혀 있었다. 최근 공업용 안드로이드의 수요가 급증하면서 그에 따라 아저씨의 공장은 무척 바쁜 듯했다. 우리가 일하지 않게 되어서 일손이 부족하다고 했다. 술이라도 한잔 사줄 테니까 언제 한번 오라는 말도 적혀 있었다.

편지를 읽다보니 다인은 한참 전부터 아저씨와 다시 연락을 나누던 모양인데, 그는 자기 대학에서 뭔가를 열심히 하고 있다는 걸 알 수 있었다. 그는 학교 공부 따위 열심히 하지 않아도 잘하는 인간이니까 아마도 대학 관련 공부가 아닌 뭔가 독자적으로 하고 싶은 연구를 하고 있을 거라고 생각했다.

에밀에 대해서는 말을 꺼내지 않아 윤은 진심으로 안

도했다.

답장을 줬으면 좋겠다고 적혀 있었다. 그러나 그럴 생각은 없었다.

윤은 편지를 읽던 손을 풀썩 늘어뜨렸다. 의식해서 숨을 내쉬었다. 편지지 두 장의 내용을 읽는 데만도 상당한 노력이 필요했다.

어쩐지 윤은 자신이 예전과 비교해서 아무것도 변한 게 없다는 생각에 기분이 나빠졌다. 근데도 뭔가 많이 잃어버린 것 같다. 이곳에 있으면 이 세계에 자신과 에밀만이 남겨진 느낌이다.

에밀을 본다. 그 안에 자신의 일부를 담아두고 있었다. 꿈 말고도 여러 가지를 넣어버렸다. 윤뿐만 아니라 다인도 아마 많은 걸 이곳에 두고 갔을 것이다. 그래서 윤은 에밀을 혼자 완성할 수 없다는 걸 스스로도 잘 알고 있다. 하지만 다인에게 먼저 연락할 생각은 들지 않았다. 지금 당장 핸드폰을 꺼내 여태까지도 잊지 않고 있는 번호를 누르면 된다. 그리고 어서 에밀의 수리를 마무리하자고, 그렇게 말하면 되었다. 근데 윤은 그러지 못했다.

학교와 공장을 오가는 생활이 반복되었다. 가을이 끝나고 겨울이 찾아왔다. 이곳에서 맞이하는 네 번째 겨울이다.

6

나무문을 열고 가게로 들어가자 학수 아저씨가 먼저 와서 술을 마시고 있었다.

일흔이 조금 넘어 보이는 노인이 혼자 운영하는 그 낡은 술집은 학교에서 조금 떨어진 시내에 있었다. 번쩍번쩍하는 유흥가 불빛을 보면서, 이런 곳에 오는 건 처음이라는 걸 깨달았다. 애초에 친구들과 술자리를 가질 일도 없었거니와 무엇보다 친구라고 부를 만한 사람이 없었다. 아는 사람이라곤 대학원 동의 선배들뿐이었다.

다인은 카운터 바로 옆 테이블에 자리잡은 아저씨 앞

에 앉았다. 늙은 술집 주인은 주방 안에서 꾸벅꾸벅 졸고 있었다.

학수 아저씨가 다인에게 술을 따라주며 물었다.

"하고 있는 연구는 어떠냐."

"덕분에 좋은 거 많이 배우고 있습니다. 지루한 학교 공부보다는 훨씬 나아요."

"그거 잘됐군."

그들은 술잔을 가볍게 부딪친 뒤에 한 방울도 남기지 않고 그대로 목구멍으로 털어 넣었다.

"윤이는 어떻게 지내냐. 편지를 한번 보냈는데 연락이 없네."

다인은 자신이 벌레 씹은 얼굴을 하고 있다는 것을 알 수 있었다.

"그 녀석에 대해서는 모릅니다. 안 만난 지 1년이 다 돼가요."

"음."

"그보다 그쪽 일은 어떻습니까. 요즘 안 그래도 안드로이드 관련된 제재들이 더 강화된다고 들었는데요. 그쪽은 괜찮아요?"

학수 아저씨는 하고 싶은 말이 있는 듯했지만 이내 접고 그의 질문에 답하기로 한 것 같았다.

"이쪽은 뭐, 별거 없어. 점검이라는 명분으로 정기적으로 닥치는 안전검사가 조금 귀찮을 뿐이지. 누가 봐도 위험 요소를 감시하려는 게 빤히 보이는데 말이야. 다들 왜 그렇게나 겁내는지 모르겠군. 그냥 인공지능이건 나발이건 자연스레 받아들이면 좋을 텐데."

"사람들도 헷갈리는 거겠죠. 어떤 게 진짜 인간성인지. 어느 부분이 진정으로 인간임을 증명해 줄 수 있는지 잘 모르는 걸 거예요, 분명."

"이 분야의 수재다운 발언이군."

아저씨는 작게 웃음을 흘렸다.

"너는 어떠냐, 안드로이드."

"뭘 말씀하시는 거죠."

물음표 없는 질문을 하며 다인은 아저씨의 눈을 똑바로 바라보았다. 늘 생각하는 거지만 생각을 전혀 읽을 수 없는 사람이었다.

"전 분명하게 선을 그을 수 있다고 생각합니다. 인간과 기계. 어떻게 해도 기계는 인간의 영역을 침범할 수 없을 겁니다. 그러니까 안드로이드라는 기계에게 그렇게나 마음을 쓸 필요는 없는 거죠."

"그럼 예전에 윤이랑 만지던 그 녀석은 왜 그렇게나 용을 쓴 거냐."

다인은 순간 숨을 멈추었다. 신중하게 단어를 골랐다.

"…어린 마음의 호기심이었을 뿐입니다. 그 이상도 이하도 아니에요."

그는 그렇게 말하고는 자신의 술잔에 술을 따라 단번에 비웠다. 아저씨는 어딘가 탐탁지 않은 그의 모습을 보며 복잡한 표정을 지었다. 어쩌면 그 자신도 똑같은 표정을 짓고 있을지도 모른다는 생각이 들었다.

"그렇다면 뭐. 오늘 연락한 건 너한테 부탁하고 싶은 게 있어서 말이야."

"저한테요? 뭡니까."

"너희가 가지고 있는 안드로이드, 그 녀석을 이쪽에 넘겨."

아저씨는 담배에 불을 붙였다. 가느다랗고 긴 담배였다. 다인도 담배를 피우고 싶은 마음은 굴뚝같았지만, 몸이 굳어서 움직이지 못하고 있었다.

"무슨 말이에요."

"들은 그대로다. 그건 너희가 만질 만한 물건이 아냐."

아저씨는 담배를 깊게 세 번 빨아들이고는 재떨이에 담배를 비볐다.

"너희가 연구실에서 가장 많이 공부하는 논문의 저자."

"강진수 교수 말인가요."

"그래. 강진수. 너희는 그 교수의 논문이나 저서 정도만 봐왔을 테지만, 그 사람이 이 분야에서 가장 유명했던 이유는 따로 있어."

다인은 숨을 죽이고 아저씨의 다음 말을 기다렸다.

"실제로 감정을 가진 안드로이드를 만들었거든. 물론 같이 연구를 진행했던 연구팀이 있었지만 감정 메커니즘은 그 사람이 다 설계했다고 봐도 무방해. 근데 그 안드로이드가 회수되질 않았어. 그러다가 지난번에 받아본 자료를 보니까 우연찮게도…."

"설마 에밀이."

"맞아."

다인은 머리가 어지러워졌다. 고도화된 프로그램으

로 만들어졌다고는 생각했지만, 설마 그게 인류가 창조한 최초의 감정이 있는 안드로이드였다니. 게다가 어디에서도 알 수 없었던 강진수 교수가 개발한 안드로이드라는 게 에밀이었다니. 한번도 상상해 본 적이 없던 사실이었다.

"다시 말할게. 이제 장난감은 그만 가지고 놀고 그 녀석을 넘겨."

아저씨가 술잔을 새로 채웠다. 그는 다인의 빈 잔도 채워주었지만, 잔을 든 건 아저씨 혼자였다.

"아저씨는 뭐하시는 분입니까."

어떻게든 생각할 시간이 필요했기에 그는 제일 먼저 떠오른 질문을 던졌다. 학수 아저씨는 금세 질문의 의도를 파악했지만 그에 대한 대답을 확실하게 할 필요가 있다고 생각했다.

"너희가 알다시피 그냥 기계 공장의 사장이지. 다만 예전 그쪽 분야에 잠깐 몸을 담았어. 지금은 어쩔 수 없이 공안의 뒤치다꺼리를 해주고 있을 뿐이야."

예전의 '그 사건' 이후로 정부 산하의 'AI 특별 수사부'라는 이름의 조직이 신설되었다. 일명 공안, 그야말로 닥

치는 대로 안드로이드를 회수했던 그들을 지칭하는 웃기지도 않은 별명이다. 어쩐지 앞뒤 꽉 막힌 듯한 별명이라 굉장히 잘 어울린다고 생각하고 있던 그였다.

"그렇게 말한다고 알겠습니다, 하고 냅죽 에밀을 갖다 바칠 거라고 생각하셨다면 저를 오해하고 계신 겁니다. 제가 그곳에 가지 않는 건 윤이와 싸워서도, 에밀을 고치기 귀찮아져서도 아니에요. 단지… 에밀을 보면, 그리고 그 에밀을 고치고 있는 윤이를 보면 자꾸만 가슴이 울렁거려서 견딜 수가 없어서라고요. 그러니까 조금 전 말은 못 들은 걸로 하겠습니다."

다인이 일어나려고 했지만 반응하지도 못한 채로 가슴팍을 세게 붙잡혔다. 여전히 주방에서 졸고 있던 가게 주인은 일어날 기미가 보이지 않았다.

"내가 하는 말이 장난처럼 들리는 모양이지."

그 목소리는 속삭임에 가까울 정도로 나직했지만 후려갈기는 것과 마찬가지의 박력이 있었다. 학수 아저씨의 점퍼 주머니 안에서 차갑고 단단한 것이 다인의 배에 맞닿았다. 보이진 않았지만 그게 총이라는 건 단번에 알 수 있었다. 다인은 자신이 얼마나 이런 폭력과는 거리가 멀게 살아왔는지를 깨달았다.

그는 자신이 떨고 있음을 느꼈다. 말하려 했지만 자신의 입이 더듬거리는 소리가 들렸다. 더듬거리며 간신히 말했다.

"에밀 안에는 저와 윤이의… 마음이 담겨 있습니다. 어린 시절의 패기도요."

학수 아저씨의 눈동자가 흔들렸다. 흔히 보기 힘든 것이었다.

"그래, 알고 있다. 그러니 조용히 넘기기만 하면 이쪽에서 잘 복원시켜 보이마. 너희에게도 나쁘지 않은 제안이야. 너희가 원하던 걸 대신, 그리고 더 완벽하게 이룰 수 있는 거니까."

다인은 시선을 내렸다. 그 말이 맞을지도 모른다고, 그렇게 생각할 수밖에 없었다. 학수 아저씨는 다인을 움켜쥐고 있던 손의 힘을 뺐다. 다인이 참았던 숨을 몰아쉬는 것보다도 먼저 주머니에서 권총을 뽑아 다인의 손에 밀어붙였다.

"필요할 수도 있으니 가지고 가. 하지만 쏘지는 말아라. 이건 사람을 죽이는 도구가 아냐. 그저 협상하기 위한 수단이지."

묵직한 중량감에 눈이 확 커졌다. 손바닥의 감촉은 그저 딱딱하고 차갑기만 했다. 손바닥보다 조금 큰 그 기계에서는 아무것도 느껴지지 않았다.

7

아침 9시, 공장 앞에 도착한 다인은 철문을 두드려보았지만 아무런 기척도 없었다. 손잡이를 돌리니 가볍게 돌아갔다. 문단속은 예전부터 하지 않았었다.

안으로 들어가 사무실을 들여다보니 소파 위에서 윤이 자고 있었다. 윤 혼자가 아니었다. 그의 옆에는 에밀이 앉아 있었고, 에밀에게 연결된 노트북이 점멸하고 있었다.

다인은 에밀의 얼굴을 보았다. 처음 버려진 걸 주워왔을 때부터 하나도 변하지 않았다.

그는 아주 작게 에밀을 향해 “안녕”이라고 인사를 건넸다. 여전하다. 답은 돌아오지 않는다.

다인은 갑자기 화가 치밀었다. 이곳에 오면 시간이 머물러 있는 것만 같았다. 에밀이건 윤이건 몇 년 전 그대로였다. 그 모습을 보면 자신 혼자만 너무 멀리 온 게 아닌가 하는 생각이 들어서 기분이 나빠진다.

인기척에 윤이 눈을 떴다. 아마 깊이 잠들지 못하고 있었을 것이다. 게슴츠레 다인을 올려다보았다. 잠이 덜 깨서 눈앞에 있는 사람이 누구인지 생각하는 듯했다.

“오랜만이다. 거의 1년 만이네.”

다인이 먼저 인사를 건넸다. 그리곤 담배에 불을 붙였다. 생각해 보면 1년 전보다 담배가 많이 늘었다. 입이 빌 때마다 습관적으로 담배를 물고 있었다.

“여긴 웬일이야.”

다인은 일부러 윤의 질문에 대답을 피했다.

“에밀은 어느 정도 진척이 있냐.”

겉으로 보기에는 작년과 다를 바가 없는 에밀이었다. 정말로 그대로인지, 아니면 이미 속이 채워져 있는지는 척 보아서는 알 수가 없었다.

"너랑은 관계없는 일이 된 거 아니었어?"

윤이 날카롭게 쏘아붙였다. 자세를 고쳐 세우며 한 마디도 지지 않겠다는 말투였다.

"나도 그런가 했는데 아니더라. 어쨌건 나도 한때는 이 녀석을 만졌던 사람이니까."

"그게 무슨 말이야."

"에밀, 이제는 우리가 더는 가지고 있지 못해. 정확히 말하면 네가."

윤은 있는 힘껏 얼굴을 찡그렸다. 무의식적인 것이었다.

"헛소리 하지 마. 1년 만에 나타나선 하는 말이 그게 전부냐."

"공안에서 에밀을 찾고 있어."

윤은 자리에서 일어나 난로의 불을 올리다가 순간 멈칫했다. 공안, 그에게는 무척이나 낯선 단어였다.

"우리가 더 갖고 있다간 좋은 꼴을 못 볼 거야. 어차피 너 혼자선 제대로 완성하지도 못할 거잖아."

"내 손으로 끝까지 마무리 지을 거야. 이제 멀지 않았어."

다인은 한숨을 깊게 내쉬었다.

"학수 아저씨가 공안 쪽 사람이라더라. 이미 여기 위치나 에밀의 소재를 공안이 쥐고 있을 수도 있다고. 무슨 말인지 못 알아들어?"

그의 목소리가 한껏 올라갔다. 또 다시 치미는 분노를 최대한 억제하고 있었다.

"알겠어. 전부 이해했어."

"그래 그럼…."

"이 세계의 어느 낯선 모퉁이에서 네가 나를 기다리고 있기에."

다인은 순간 윤이 무슨 말을 하는지 알 수 없었다.

"어딘가의 시 구절에서 나오는 말이야."

윤은 몇 번이고 그 말을 입안에서 굴리는 듯이 보였다.

"무슨 말이 하고 싶은 건데."

"난 무슨 일이 있어도 에밀을 보내지 않아."

다인은 몇 초간 생각했지만, 결국엔 막연하게나마 받아들이기로 했다.

"하지만 결국엔 내 말을 이해하지 못한 모양이네."

윤은 다인의 말을 듣곤 고개를 저었다.

"공안이 에밀을 찾고 있으니까 내가 계속 데리고 있으

면 나는 물론이고 너도 잡혀갈지도 모른다는 소리잖아. 전부 알아들었어."

다인은 담배를 크게 한 번 빨아들이더니 깊은 한숨과 함께 연기를 내보냈다.

"너를 보고 있으면 속이 부글거려."

다인은 중지로 담배를 튕겨 버렸다. 보이지 않는 곳으로 짜증을 내팽개치려는 듯한 손짓이었다. 윤은 그 태도에 적잖이 놀랐다. 다인은 꺼져가는 주홍색 불빛을 짓밟았다.

"이런 어린애 같은 짓은 그만하자, 너나 나나."

윤은 다인이 품에서 꺼낸 것이 무엇인지 바로 이해할 수가 없었다.

"언제까지나 이런 것에 집착하니까 그런 거야." 에밀에게 다가간 다인이 슬라이드를 당겼다. "이젠 잊자고 이런 거."

그리고 에밀을 향해 까맣게 빛나는 권총을 겨누었다.

"그만둬!"

윤의 몸이 반사적으로 튀어나갔다. 다인의 잔인한 눈이 빛났다.

그 눈만이 윤이 제정신인 의식 속에서 마지막으로 본 것이었고, 곧 아무것도 의식할 수 없는 상태가 되었다. 반쯤 기절한 듯한 상태에서 몸만이 멋대로 움직였다. 때로는 불가사의하다. 생각보다 몸이 자동으로 움직이다니, 가끔은 자신의 몸이 인간의 육체가 아니라 다른 삐걱거리는 무언가인 것 같았다.

총성이 울렸다. 윤의 고막이 파열음에 거세게 두들겨 맞았다. 윤은 오른쪽 주먹 관절이 저려오는 것을 느꼈다. 바닥에 쓰러진 다인을 보고서야 자신이 그를 때려눕혔다는 걸 알 수 있었다. 눈앞의 현실을 깨닫고선 숨이 거칠어졌다. 아무리 숨을 쉬어도 흥분이 가시지 않았다. 오히려 숨을 쉬면 쉴수록 머리에 피가 올랐다.

에밀이 무사하다는 사실은 돌아보지 않아도 알 수 있었다. 방아쇠를 당기려던 순간, 에밀을 노려보던 다인의 눈에서 정도를 가늠할 수 없는 망설임을 보았기 때문이다. 목표를 죽이려는 사람이 절대 담아선 안 되는 그런 눈빛이었다.

다인은 거무죽죽한 침을 뱉으며 일어섰다. 흥분으로 윤의 반응이 느렸다. 충격과 함께 무언가가 얼굴에 부딪힌 뒤에야 되돌려 맞았다는 사실을 알았다. 의식이 아득해져 제정신을 찾으려 애썼다. 윤은 바닥에 쓰러져 기침을 했다.

"정다인!"

스스로의 귀로 들은 자신의 절규는 분노와 애원이 동일한 비율로 섞여 있었다. 상체를 일으킨 윤은 주먹을 쥐고 있었다. 하지만 팔 근육이 굳어졌다. 오른발로 땅바닥을 밟았을 때 눈앞에 총구가 있었다. 뭐든 집어삼킬 것만 같은 까만 구멍이다. 윤은 움직임을 멈추었다. 위험하다거나 죽는다거나, 그런 데에 생각이 이르기 전부터 움직일 수 없었다. 낯선 손 저편에, 다인의 흔들리는 동공이 있었다. 하지만 손은 흔들리지 않았다. 정확하게 윤의 이마를 노리고 있었다. 이대로라면 정말 죽을지도 모른다고, 그는 머릿속에서 튀어나온 속삭임을 들었다.

"야! 꼬맹이들. 거기까지만 해라."

그 순간, 다인의 뒤로 누군가 걸어 들어왔다. 익숙한 얼굴이었음에도 윤은 실감이 나지 않아 잠깐 눈을 의심했다. 학수 아저씨였다.

아저씨는 다인의 손에 들려 있는 권총의 몸통을 잡아

서 들어 올렸다. 다인이 손에 힘을 빼자 총은 그대로 아저씨에게로 넘어갔다.

“역시 이런 건 꼬맹이한테는 이른가 보구먼.”

학수 아저씨는 뒷목을 긁적거리며 말했다. 그는 윤과 다인을 차례로 훑어보더니 마지막에는 에밀에게 다가갔다. 그는 한참을 몸체 부분이나 프로그래밍 중이었던 시스템의 스크롤을 내리고는 다시 윤에게로 시선을 옮겼다.

“이 정도면 정말 잘했다. 홍윤 치고는 너무 잘해 줘서 좀 놀랐어.”

“전 절대 에밀을 넘길 생각이 없습니다.”

아저씨는 윤의 말에 대꾸하지 않았다.

“완성하려면 얼마나 더 걸리겠냐.”

“…2주면 됩니다.”

“일주일 내로 마무리 지어. 그때까진 시간을 벌어주지.”

윤과 다인은 누가 먼저랄 것도 없이 학수 아저씨를 쳐다보았다. 두 사람 다 귀를 의심했다.

“그렇게 가만히 있을 시간이 없을 텐데. 후딱후딱 움

직여. 내가 힘들게 만든 기회를 이대로 버릴 셈이냐."

그 말에 윤은 정신을 차리고 다시 노트북 앞으로 무거운 몸을 옮겼다. 구동 프로그램은 안정화 단계만 남은 상태였다.

다인은 그 모습을 멍하니 바라보았다. 어떻게 흘러가는지 머리가 잘 따라가지 않았다. 그러자 옆에서 학수 아저씨가 다인을 툭 쳤다.

"오랜만에 하는 작업이다. 이번에는 좀 더 솔직한 마음으로 임하라고."

아저씨는 다인에게 그렇게만 말하고는 공장 문을 나섰다. 그의 발소리는 정확한 리듬을 새기고 있었다.

다인은 한동안 그 자리에서 굳어 있었다.

8

다인은 연구실에 놓여 있는 자신의 노트북을 가방에 넣었다. 그 안에는 몇 년간 조금씩 만들어서 쌓아온 AI의 데이터들이 담겨 있었다. 완성은 진작 되어 있었다. 이제 그 데이터를 에밀 안에 덮어씌우면 되었다. 조금 늦었다.

"그거, 마무리 되었나 보네."

깜짝 놀라 뒤를 돌아보니 은주 선배가 팔짱을 낀 채 문 앞에 서 있었다.

"네, 뭐."

다인은 그녀와 눈을 마주치지 않고 가방을 멨다. 서둘러 그 자리를 떠나고 싶었다.

“정부는 지금 에밀을 회수하지 못해서 안달이 나 있어. 호기심으로 발을 들여놓은 거면 그만두는 게 좋아.”

다인이 놀라 은주 선배를 돌아보았다. 그녀의 얼굴에는 다인이 지금까지 본 적 없는 진지한 표정이 새겨져 있었다.

“모를 거라 생각했어? 다인이 네가 만지고 있는 건 누가 봐도 인공지능 프로그램 맵이잖아. 그리고 그 안에서 봤어. 그게 탑재될 안드로이드의 이름이 에밀이라는 걸.”

다인이 혼란스러운 머릿속을 정리하는 동안 그녀는 말을 이었다.

“6년 전 그 사건에 대해서 알지? 안드로이드의 폭주로 몇 명의 사람들이 다친 사건.”

다인은 시선을 땅바닥으로 향했다. 별로 듣고 싶지 않은 내용이었다. 저런 말을 들을 때마다 다인은 자신이 매우 나쁜 짓을 하고 있다는 생각에서 벗어날 수가 없었다.

"왜 그런 일이 일어났을까. 그거 알아? 아무도 그 사건에 대한 제대로 된 진실을 모른다는 거. 이상하다고 생각해. 너무 타이밍이 잘 맞아 떨어진다고. 이건 내 생각인데, 어쩌면 그건 사실 인공지능의 오류가 아니었을지도 몰라. 무슨 말인지 이해해?"

다인은 고개를 저었다. 어쩌면 다인 자신도 이미 알고 있을지도 모르는 내용이었다. 하지만 그런 생각을 하기 시작하면 점점 더 두려움만 커질 뿐이었다.

"인공지능이나 안드로이드, 그런 것들은 중요하지 않을지도 몰라. 가장 중요한 건 인간 내면의 두려움이지. 너무 갑자기 많은 것들이 변하긴 했어. 그리고 그걸 평범한 인간들이 견디기 어려웠던 거야. 6년 전의 그 사건이 일어난 시점에서 대다수의 사람들이 그렇게 느끼고 있었던 거지."

"무슨 말이 하고 싶으신 거예요."

"다인이 네가 하려고 하는 짓이 위험하다는 말을 하고 싶었어. 가급적이면 관뒀으면 좋겠다고. 그것뿐이야."

그녀는 그렇게 말하곤 다인을 바라봤다. 하고픈 말은 끝이라는 분위기였다.

"저는, 아니 저희는 분명 에밀에게 말로 표현할 수 없는 감정을 느끼고 있을 겁니다. 이상하다고 생각하시겠죠. 저도 이상하다고 생각합니다. 하지만 제 친구 녀석을 보면서 저도 조금은 생각이 바뀌었습니다. 그냥 우리는 우리가 옳다고 생각하는 대로 행동하면 되지 않을까, 하고요."

은주 선배는 입을 다물었다. 한심하다는 표정을 지을 줄 알았는데, 왜인지 알아들었다는 표정을 짓고 있었다. 그 표정에 다리의 힘이 풀릴 뻔했다. 하지만 간신히 다잡고 그녀 쪽으로 걸어갔다.

"먼저 가보겠습니다."

다인은 은주 선배의 옆을 지나쳤다. 잠깐 그녀의 얼굴이 스쳤을 때, 다인은 그 얼굴에서 어떻게든 슬픈 감정을 감추려는 표정을 의도치 않게 발견하고 말았다. 하지만 그것도 아주 짧은 순간이었을 뿐, 곧 다시 무표정으로 돌아갔다.

"이 연구실에 들어와서 여러모로 많이 안심했어요. 한참이나 헤매고 있었는데, 여기에 와서야 있을 곳을 찾은 것 같아서요. 게다가 선배를 만나서 정말 기뻤습니다. 하지만 제가 있어야 할 곳은 여기가 아니라는 것을 얼마 전에 알게 되었습니다. 그러니… 이젠 가봐야 합니다.”

나가기 직전, 돌아보지 않은 채로 다인이 말했다. 은주 선배는 여전히 말이 없었다. 다인은 잠시 침묵을 지킨 후에 문을 나섰다.

* * *

다인은 노트북 화면을 들여다보고 있는 윤의 옆에 부탁 받은 부품들이 들어 있는 백팩을 내려놓았다. 마이크로 베어링과 나노네트였다. 근육이 좀 더 자연스럽게 움직일 수 있도록 해주고, 그 위에 전기 신호를 방사시킬 부품이었다. 베어링은 그렇다 치고 나노네트는 상상 외로 고가의 물건이었다. 그나마 학수 아저씨 덕에 싸게 구할 수 있었다.

온종일 작업하다 잠깐 쉴 때, 다인은 윤에게 에밀과 강진수 교수의 이야기를 들려주었다. 머릿속에서는 간단한 이야기였는데, 막상 그걸 윤에게 들려주려니 담배 세 개비를 태우고도 한참을 더 말해야 했을 정도로 긴

이야기였다. 윤은 처음부터 끝까지 가만히 듣고 있었다. 다인은 그냥 생각난 이야기를 꺼낼 뿐이었는데, 예상외로 윤은 진지하게 받아들였다.

일주일이라는 시간이 눈 깜짝할 새에 지나갔다. 그 사이 겨울이 깊어지고 날씨는 추워져서 자정이 넘어가자 눈이 내리기 시작했다.

다인은 마치 고등학교 시절로 돌아온 기분이었다. 그때처럼 그들은 이곳에서 오롯이 에밀에게만 집중하고 있었다. 에밀을 다시 깨워 보이겠다는 목표 하나만으로 여기까지 왔다. 너무 멀리 돌아 왔을지도 모른다. 그래도 어찌어찌 여기까지 왔다. 그거면 충분하다.

에밀이 눈을 떴다. 에밀을 제외하고는 전부 얼어버린 것 같았다.

"안녕하세요."

에밀은 그렇게 말하며 눈을 깜빡거렸다. 이 얼마나 놀라울 정도로 정교한 기계 생명이란 말인가. 다인은 숨을 죽이고 감탄하고 있었다.

"에밀."

윤이 에밀을 불렀다.

"네."

윤은 에밀을 덥석 안았다. 에밀은 무슨 상황인지 이해할 수 없다는 표정을 지었다. 그런 에밀의 얼굴을 보며 다인은 흘러 나오는 미소를 참을 수 없었다. 복잡한 감정이었다. 기쁨이나 성취감으로 치환될 수 있는 얕은 수준의 감정이 아니었다. 그리운 감정이 해소되었다는 쪽에 가까운 기분이었다.

"다 됐구나."

학수 아저씨의 딱딱한 발걸음 소리가 뒤에서 들려왔다.

"이젠 정말 아슬아슬해. 차는 준비해 놨다. 이제 그만 출발해야 한다."

아저씨 너머 철문 사이로 자동차 불빛이 보였다.

다인이 에밀을 일으켜 세울 동안 윤은 아저씨가 가져온 차를 살폈다. 딱 네 명 정도가 간신히 탈 수 있을 정도의 소형차였다.

"이거면 되겠냐."

"충분하죠."

"그래. 너희 둘하고 저 아이까지 하면 좁지는 않겠다."

"아뇨, 전 가지 않을 겁니다."

공장 문을 막 나서던 다인이 말했다. 그의 어깨 너머에 에밀이 서 있었다. 다행히 구동에 문제가 있진 않은 것 같았다.

"왜냐."

아저씨가 물었다. 놀란 표정은 아니었다.

"전 어찌 됐건 이곳에서의 하던 일들을 마무리해야 하니까요. 게다가…."

다인은 에밀과 윤을 번갈아 보았다.

"저에겐 아마 자격이 충분하지 않을 겁니다."

윤과 다인은 서로 마주보았다. 사실 윤은 그 말에 동의하지는 않았지만, 나름 다인의 생각을 이해할 수 있었다. 거기다 다인은 한번 말하면 절대 자기 의견을 굽히지 않는 녀석이었으니.

"에밀."

윤이 에밀을 불렀다. 에밀은 대답 없이 그의 앞으로 가서 섰다.

"시간 없어. 슬슬 출발해."

윤은 에밀을 조수석에 앉히고 안전벨트를 매어주었다. 에밀은 그 동그란 눈으로 간신히 안전벨트를 매어주는 윤을 바라보았다. 아마 감정은 없을 것이다. 결국 그 부분은 복구를 못 했으니. 그러나 역시 단순한 기계로는 느껴지지 않았다. 차가운 몸체 안 어딘가에 자아, 혹은 인간성이라고 부를 만한 무언가가 있는 것만 같았다. 그 모습을 지켜보던 학수 아저씨나 다인도 마찬가지 생각을 하고 있었다.

"감사해요. 그래도 공안 쪽 사람이라는 걸 숨긴 건 솔직히 좀 너무하네요."

윤이 학수 아저씨를 보지 않은 채로 말했다.

"그래. 하지만 굳이 미안하다고는 하지 않으마."

윤은 그 대답에 실소를 참지 못했다. 역시 이런 게 편했다. 어설픈 사과는 오히려 더 마음을 뭉개는 법이다. 그들은 그런 서로의 생각을 잘 알고 있었다.

다인과는 마지막까지도 거의 대화를 나누지 않았다. 굳이 필요 없는 이야기를 할 생각은 윤도 다인도 없었으니까. 그러지 않아도 충분히 알 수 있는 것들이 있으니까.

윤은 운전석에 올라탔다. 낡은 자동차인지 시트가 약간 불안정했다. 윤과 다인은 마지막으로 말없이 에밀을 보았다. 윤은 운전석에서, 다인은 차창 밖에서. 에밀 또한 그런 그들을 번갈아 보았다.

다인은 차에서 한 발짝 떨어졌다. 가라고 말하지도 않고 신호도 하지 않는다. 윤은 앞을 보았다. 곧게 뻗은 길로 액셀을 밟으면 되었다.

"가자."

그건 에밀에게 하는 말이었지만 동시에 자기 자신에게 하는 말이기도 했다. 스스로를 향한 신호가 필요했다.

자동차 엔진 소리에 윤의 목소리도 스러졌다. 에밀과 윤을 태운 차는 순식간에 공장에서 멀어져갔다.

* * *

다인과 학수 아저씨는 누가 먼저랄 것도 없이 담배를 꺼내 불을 붙였다. 어째서인지 에밀 앞에서는 담배를 피울 생각이 잠시 사라졌었다. 그래서 윤이 떠난 뒤에 급작스럽게 몰려오는 흡연욕을 도저히 참을 수가 없었다.

"왜 같이 가지 않은 거냐."

"말했잖습니까. 저한테는 자격이 없다고. 그리고 아마 에밀도 윤이와 가는 게 분명 더 나았을 겁니다."

"너답지 않게 알 수 없는 소리를 잘도 하는군."

"윤이 녀석에게 옮은 건지도 모르겠군요."

다인은 터져 나오는 실소를 자그맣게 흘렸다. 어딘가 흐느낌과 닮아 있는 웃음이다.

"아저씨, 하나 여쭤봐도 괜찮을까요."

"뭐냐."

"어째서 이렇게까지 도와주시는 거예요."

"……."

"공안 쪽 사람이면 솔직히 이런 위험 부담을 안는 건 아저씨 입장에서는 굉장히 위험하다고 생각합니다."

다인이 돌아보자 학수 아저씨는 어째선지 담배를 문 채로 싱글벙글 웃고 있었다.

"옛날에 인간을 닮은 안드로이드를 만들려고 했던 꼬맹이 둘이 있었는데 말이야. 너희보다도 훨씬 전의 이야기다. 에밀이 만들어진 직후였으니 벌써 10년도 더 지난

일이네."

"네?"

"어린이의 모습을 한 안드로이드였지. 이름은 '하나'. 그땐 아직 젊었고 패기도 넘쳤어. 근데 결국 그 사건 이후로 하나나 그 친구는 이제 볼 수 없게 됐어. 너희를 보니 문득 그 생각이 떠올라서 그랬다."

"그중 한 사람이…."

다인이 말꼬리를 흐렸다. 학수 아저씨의 얼굴에는 어느새 웃음기가 사라져 있었다.

"나도 뭐 하나 물어봐도 될까."

"뭔가요."

"너는 윤이의 감정에 대해 어떻게 생각하고 있냐."

"확실히 이상하다고 생각합니다."

다인이 즉답했다. 그에게 있어 그 대답은 절대 바뀌지 않을 것이었다.

"하지만 결코 잘못되었다고는 생각하지 않습니다."

학수 아저씨는 담배를 문 채 두 뺨을 비틀어 올렸다.

"어른인 척만 하던 꼬맹이가 이젠 조금 진짜 어른이 된 것 같군."

아저씨가 시선을 움직여 하늘을 보았다. 그걸 따라 하늘을 올려다본 다인의 얼굴에 무언가 내려 앉았다.

"춥더니만 또 내리는구먼."

잠시 그쳤던 눈이 다시 떨어지기 시작했다. 하늘을 올려다보자 한 점에서 방사형으로, 혹은 때때로 나선을 그리며 무수한 싸라기눈이 펼쳐지기 시작했다.

"본격적으로 내리기 전에 가야겠다."

아저씨가 담배를 던져 끄며 말했다.

"아 참. 마지막으로 이거 하나만 말해줘도 괜찮겠지. 예전 강진수 교수의 연구실에는 나도 있었어. 거기서 함께 인공지능에 탑재할 감정 메커니즘을 연구했었다."

"정말입니까?"

다인은 하마터면 담배를 떨어뜨릴 뻔했다. 생각지도 못한 사실이었다.

"그 당시 연구자들은 전부 구속되었다고 들었는데요. 아저씨는 어떻게…."

"난 딱히 특정 분야의 권위자가 아니었기 때문에 그래. 그리고 말했잖냐. 지금은 공안의 뒤치다꺼리를 맡고 있다고. 구속된 이후 보이지 않게 된 사람들은 전부 자신들의 소중한 것들을 지키려다가 그렇게 된 거야. 난… 친구 기연과 하나를 배신했으니까."

그렇게 말하는 학수 아저씨의 눈동자 깊은 곳에서 가늠할 수 없는 슬픔이 느껴졌다. 다인은 무언가 말하려 했지만 입이 떨어지지 않았다. 그 사이, 아저씨는 다인을 등지고 저 멀리로 걸어가고 있었다. 다인은 말없이 그의 멀어지는 모습을 바라보았다. 어깨에는 눈이 쌓이고 있었다. 그가 쥔 담배는 어느새 다 타서 눈발과 같이 스러졌다.

다인은 작게 한숨을 내쉬곤 어디론가 천천히 걸어갔다. 조금 눈물을 흘렸을지도 모른다. 자신이 모르는 어딘가에서 살아갈 사람들을 떠올리자 가슴이 먹먹해졌을 것이다.

에필로그

이걸로 이들의 이야기는 끝이다.

하지만 뒷이야기를 말하지 않을 수 없다. 일단 움직이기 시작한 것은 어딘가에서 멈추어야 한다. 사람도, 기계도, 글도.

그날 이후, 다인이나 학수 아저씨로부터 연락이 오지 않았다. 어쩔 수 없는 걸까, 윤은 생각했다.

오랜 시간을 함께 했던 장소를 잃은 에밀과 윤은 한참을 운전해 도착한 어느 한적한 시골에서 평화로운 새 생활을 시작했다. 엄밀히 말하면 쫓기는 상태였기에 학교에 간다든가 하는 생각은 완전히 버렸다. 애초부터 다니기 싫었던 곳이다. 가봤자 그가 있을 자리는 없었다.

윤은 텅 비어버린 시간을 에밀의 아버지였던 강진수 교수의 행방을 찾는 데에 썼다. 하지만 거의 모든 정보는 일반인이 알아낼 수 없게 되어 있었다. 그러던 중, 우연히 강진수 교수의 아내인 진유하 박사에 대해 알 수 있었다. 강진수 교수를 도와 에밀의 초기 개발을 도왔고 한동안 혼자서 에밀의 단독 소유자로 있었다는 정보였다. 논문 사이트에서 오래 전 그녀가 쓴 논문도 발견했다. 〈인공지능 안드로이드의 인격체적 검증〉이라는 제목이었다. 아쉽게도 내용은 열람할 수 없었다. 8년 전 날짜가 박힌 그 논문을 마지막으로, 더는 진유하 박사에 관한 그 어떠한 흔적도 찾을 수 없었다.

윤은 딱 한 번 에밀의 메인 시스템에 접속한 적이 있었다. 에밀의 목덜미에 있는 단자에 접속하려던 순간, 에밀이 살짝 고개를 돌려 피했다. 전혀 예상치 못한 에밀의 행동에 윤은 당황했다. 그건 에밀 또한 마찬가지인 것처럼 보였다. 싫어하는 감정이었을까. 하지만 하지 않으면 안 되는 작업이었다.

에밀의 시스템 안에서 망가진 데이터의 일부를 복원해낼 수 있었다. 딱히 중요한 정보는 없었다. 기계진동학이나 우주론에 대한 전문적인 정보들뿐이었다. 거기다 빨래나 청소, 요리와 같은 가사와 관련된 지식도 있었다. 어째서 이런 정보가 담겨 있었던 걸까. 잘 이해할 수 없었다.

마지막으로 윤은 눈에 띈 두 개의 망가진 데이터를 복구하려 했다. 전부는 무리였지만 그게 무엇인지는 대충 알 수 있을 만큼은 가능했다. 어떤 장소에 대한 정보였다. 첫째는 서울 근교의 한 지점, 둘째는 우리나라 남쪽 어딘가에 있는 또 다른 지점. 그 장소들이 무엇을 의미하는지는 윤은 알 수 없었다. 어쩐지 그 장소가 에밀에게 있어서 굉장히 중요한 곳이었을 거라는 희미한 추측만을 했을 뿐이었다.

늘 혼란에 잠겨 있던 에밀을 위해 그가 할 수 있는 일은 여기까지가 전부였다.

사실 에밀과 함께 있으면서 가장 혼란스러웠던 것은 윤 자신이었다. 어느새 윤은 22살이 되어 있는 자신을 발견했다. 에밀을 맨 처음 봤을 때가 4년 전이었으니 그만큼의 시간이 지난 지금 이 나이가 된 것은 이상할 것이 없었다. 하지만 위화감은 언제나 그의 내면에 존재했다. 자신에게 이런 나이가 찾아들었다는 것이 무척이나 어색하게 느껴졌다.

좀 늦었지만, 윤은 자신의 감정에 솔직해지기로 했다.

그는 에밀을 사랑하고 있었다.

사람이 아닌 오로지 기계 부품만으로 구성된 안드로이드를 말이다. 더군다나 이제 에밀은 감정 회로조차 존재하지 않는다. 하지만 윤이 현관에 들어서면 에밀은 마중을 나와 그를 반겨주었고 말로 할 수 없는 뭔가를 건네주려는 것 같았다. 그때마다 그가 만족할 때까지 에밀은 꼭 껴안고 그대로 멈춰 서 있었다. 어쩌면 강진수 교수나 진유하 박사도 에밀에게 같은 감정을 느꼈던 걸까. 왠지 그랬을 것이라고 확신했다.

윤은 에밀이 어떤 존재인지에 대해 떠올리는 걸 그만두기로 했다. 하나는 확실했다. 에밀은 절대 그저 안드로이드라는 말 하나로 묶어낼 수 있는 존재는 아니라는 것을.

그들은 무언가를 함께 나누었다. 때로는 그게 감정이라고 느꼈다. 그러나 에밀에게는 감정이 없을 텐데. 늘 그렇게 상반되는 것들이 윤의 마음속에서 부딪쳤다.

하루하루의 일상 가운데 윤은 에밀과 함께 온화한 행복을 누렸다. 때론 너무나도 평온한 그 생활에 두려워질 때도 있었다. 뭔가에 항상 짓눌려 있었기 때문일까. 서서히 사라져가는 듯한 느낌을 자각할 때가 있었다. 마치 얼음처럼. 혹은 다인이 피우던 담배처럼.

윤은 그런 느낌을 맛볼 때마다 에밀을 끌어안고 차가운 온기에 얼굴을 묻었다. 에밀은 그의 손바닥에 딱 하나 남은 조그만 눈(雪)의 결정이었다. 그는 그것이 부서지지 않도록 살그머니 소중하게 손바닥 안에서 지켰다.

때론 에밀은 오랫동안 밤하늘을 올려다보곤 했다. 무척이나 아연해 보이는 그 표정을 보면 윤은 크게 가슴이 동요하는 것을 느꼈다. 윤이 에밀의 곁에 서서 무엇을 보고 있느냐고 물어도 잘 모르겠다는 대답만이 돌아왔다. 혹시 별을 보고 있는 게 아닌가 싶어 에밀을 따라 하늘을 올려다보았지만, 그곳에는 별은 없었다. 그저 새까만 밤하늘만이 있을 뿐이었다.

윤이 공장을 떠난 이듬해에 딱 한 번 학수 아저씨에게서 편지가 왔다. 생김새는 익히 알고 있었지만 실제로는 처음 보는 항공 우편이었다. 아마도 진작에 한국을 떠났으리라.

학수 아저씨가 어린아이의 모습을 한 안드로이드와 같이 찍은 사진이 한 장 동봉되어 있었다. 무엇을 의미하는지는 잘 알 수 없었지만, 표정을 보아 아마도 아저씨가 원한 것도 그런 것이었나 보다. 그 모습을 보니 역시나, 아무것도 잘못된 것이 없다는 걸 느꼈다. 그러면 조금이나마 마음이 아물어든다.

문득 사진에 대해 생각나는 게 있다.

윤은 간단히 챙겨온 짐을 풀던 중에 사진을 한 장 찾아냈다. 가져온 몇 권의 책 중 기계 공정에 관한 책에 꽂혀 있었던 것이다.

고등학교 때의 사진이다. 윤과 다인, 그리고 에밀이 그 작은 네모 안에 담겨 있었다. 사진 속 배경은 그들이 오랫동안 같이 작업했던 공장이었다. 낡아빠진 건물이 그들의 등 뒤로 비쳤다.

윤은 사진을 바라보다가 문득 가슴이 술렁거렸다. 언

제 이런 사진을 찍었을까. 찍은 기억이 전혀 없었다. 단순히 잊어버린 것뿐일까. 사진에는 그들 셋이 찍혀 있었다. 그럼 셔터를 누른 건 누굴까. 셀프타이머? 그럴지도 모른다.

그는 저 공장에 관련된 모든 사소한 것들까지 하나하나 떠올렸다. 쌓여 있는 폐금속이나 목재, 망가진 공정 기계들까지. 카메라를 놓고 고정시킬 수 있을 만한 장소가 있었던가. 잘 생각나지 않았다. 하지만, 사진은 여기에 존재한다.

그는 사진에 대해 더는 생각하지 않기로 했다. 그 대신 거기에 찍혀 있는 세 사람을 가만히 바라보았다. 무어라 말할 수 없는 행복한 모습을 보고 윤은 마음이 흔들렸다. 그다지 즐겁다고 할 수 있는 표정은 아니었다. 에밀은 잠든 상태였고 다인은 귀찮다는 표정을 짓고 있는 데다가, 윤의 얼굴은 노골적으로 굳어 있었다. 생각해 보면 그는 예전부터 사진 찍는 것이 어색했다. 하지만 거기에는 무언가 가득 채워져 있었다. 꿈, 그렇게 부를 수 있는 것들만을 끌어모은 세계가 그 안에 있었다. 견고한 분위기가 느껴졌다.

윤은 그 사진을 세게 쥔 채 꼼짝도 하지 못하곤, 이제는 이미 사라져버린 저 계절의 한때를 언제까지고 바라보기만 했다.